THE STORY OF KULLERVO

トールキンのクレルヴォ物語〈注釈版〉

J・R・R・トールキン
J.R.R. Tolkien
ヴァーリン・フリーガー 編　塩崎麻彩子 訳
Verlyn Flieger　Masako Shiozaki

原書房

「ポホヤの国」、J・R・R・トールキン画

トールキンのクレルヴォ物語〈注釈版〉◆目次

〈図版一覧〉

はじめに

カレルヴォの息子クレルヴォは、トールキンの創作した英雄のなかで、もっとも好感のもたれない人物かもしれない。粗野で不機嫌で、癇癪《かんしゃく》もちで執念深いうえに、外見においても魅力に欠ける。しかし、こうした特徴によって、そのキャラクターはリアリティを増しており、こうした点にもかかわらず、いや、もしかするとこうした点のゆえにこそ、逆に魅力的な人物となっている。このたび、この複雑なキャラクターを、これまで以上に幅広い読者にご紹介できる機会を得られて、わたしはうれしく思っている。また、この手書き原稿を最初に筆写した際の原稿を手なおしする機会を得られたことにも、感謝している。うっかり書きもらした部分を回復させ、あやふやだったところを手なおしし、印刷まで残ってしまった誤植を訂正することができた。現在のテキストは、トールキンの意図をよりよく反映するものになっているのではないかと思う。

この物語が最初に世に出て以来、トールキンの初期の試作言語クエンヤ（Qenya）の発展にこの物語が果たした役割について、さらに研究が進められてきている。ジョン・ガースとアンドルー・ヒギンズは、現存する草稿に出てくる人名と地名を調べて、トールキンの言語発明との関連をさぐっている。ガースの研究は、「翻案から発明への道 The Road from adaptation to invention」（『トールキン・スタディーズ *Tolkien Studies*』XI号所収、一～四四ページ）という記事にまとめられており、ヒギンズの研究は、トールキンの初期の言語について扱った画期的な博士論文「J・R・R・トールキンの神話の起源 The Genesis of J.R.R.Tolkien's Mythology」（カーディフ・メトロポリタン大学、二〇一五年）の第二章にまとめられている。この二人の研究は、トールキンの初期の仕事について、わたしたちに新たな知識をあたえ、トールキンの伝説体系《レジェンダリウム》全体をより豊かに理解させてくれるものだ。

　このたび出版される文献は、J・R・R・トールキンによる未完の初期作品「クレルヴォ物語 *The Story of Kullervo*」および、トールキンがオックスフォード大学でその下敷きとなった素材について発表した論考《エッセイ》「『カレワラ』について On "The Kalevala"」の草稿二種類である。これらは、二〇一〇年に『トールキン・スタディーズ』VII号に初出掲載されたものだ。ここに再録する許可をあたえていただけたことをトールキン財団に感謝したい。わたしの注釈と解説は、ウエスト・ヴァージニア大学出版の許諾により再録されている。わたしの論文、「トールキン、カレワラ、そして『クレルヴォ物語』Tolkien, *Kalevala,* and "The Story of Kullervo"」は、ケント・ステート大学出版の許諾により再録されている。

本書の出版は、ある方々の存在がなければ決して実現しなかった。その方々に感謝を申し上げたい。まず第一に、キャスリーン・ブラックバーンに。「クレルヴォ物語」が学術刊行物よりも幅広い読者層にとどけられるべきであるという思いを、わたしが最初に投げかけた相手がキャスリーンだった。このプロジェクトを推し進め、トールキン財団とその出版社であるハーパーコリンズから許諾をえるためのプロセスへと導いてくださったことに感謝している。さらに、本書が一冊の独立した書籍としての出版に値するという、わたしの見解に同意してくださった、トールキン財団とハーパーコリンズにも感謝を申し上げたい。また、ハーパーコリンズの編集責任者で、トールキン関係を担当するクリス・スミスにも感謝したい。クリスは、「クレルヴォ物語」をその価値に見あうような、より幅広い読者にとどけるための助力と助言、はげましをあたえてくださった。

序文

「クレルヴォ物語」が、J・R・R・トールキンの作品体系のなかでどういう位置をしめているのか、十分に認識するためには、いくつかの角度からみていく必要がある。この作品は、トールキンの著作のうちもっとも早い時期に書かれた短編であるばかりでなく、悲劇を書く試みとしても最初のものであり、また神話の創造に取り組んだ散文としても最初のものである。というわけでこれは、かれの作品群全体に先立つ先駆的作品なのだ。さらに焦点を絞ってみるとすれば、これは、「イギリスのための神話」と呼ばれることになる「シルマリルの物語」へとつながった、可能性に満ちた源泉でもある。悲運のクレルヴォのサーガを再話したこの作品を素材としてもちいて、トールキンは、自身のもっとも力強い物語のひとつである「フーリンの子ら」の物語を生みだした。さらにはっきりいえば、クレルヴォというキャラクターは、トールキンの神話におけるもっとも悲劇的な英雄（唯一の悲劇的な英雄との見方もある）トゥーリン・トゥランバールの原型となったものだ。

トールキンの書簡から長く知られてきたことだが、トールキンは学生時代に、当時まだ出版されてそれほどたっていなかった『カレワラ（カレヴァラ）』（「英雄たちの土地」を意味する）と出会って想像力に強い衝撃を受けた。それは、きわめて早い時期に、かれの自作の伝説体系に影響した要素のひとつであった。『カレワラ』は、フィンランドの田舎に住む、読み書きのできない農民たちの歌（ルノ）を集めたものである。トールキンは一九五一年の書簡で、出版社のミルトン・ウォルドマンに対して自分の神話について説明しているが、母国が神話に関して「貧困」であることに、つねに懸念をいだいてきたと述べている。トールキンの目からみるとイギリスは、他国の神話に匹敵するような、「独自の物語」を持たないように思われた。「ギリシア、ケルト、ローマ、ドイツ、スカンディナヴィア」そして「フィンランド」には神話があった、とトールキンは書いている。フィンランドのものについては（わざわざ特別に言及して）自分に「おおいに影響した」とも述べている。（『J・R・R・トールキン書簡集　*The Letters of J.R.R. Tolkien*』一四四ページ。以下『書簡集』と表記。）影響したというのは、まさにそうとしかいいようがない。息子のクリストファーに、一九四四年の手紙（『書簡集』八七ページ）で告白しているとおり、トールキンはこれに熱中するあまり、一九一三年、オックスフォード大学の学位取得第一次優等試験《オナー・モデレーションズ》に失敗しそうになったほどだからだ。また、一九五五年、W・H・オーデンに書き送ったように（『書簡集』二一四～二一五ページ）、これが「物語にロケットを発射する」もととなったからだ。

　トールキンがこの作品に取り組んでいた当時、その下敷きとなったフィンランドの『カレワラ』は、現存する世界の神話の集成にまだくわわったばかりだった。ギリシアやローマの神話、ケルトやドイツの神話のように、文書として長い歴史を持つ神話とは異なり、『カレワラ』の歌は、一九世紀半ばになってようやく、医師が本職で民俗学者としてはアマチュアだったエリアス・リョンロートが収集し、出版したものだ。これらの歌は、ヨーロッパの他の神話とはかなり異質の雰囲気を持っていたので、叙事詩や神話という言葉の意味が、あらためて考えなおされるきっかけとなった。[*1] その異質さや、物議をかもしたということはあったにせよ、『カレワラ』の出版は、フィン人たちに深く影響を及ぼした。フィンランドは何世紀にもわたって外国の支配下におかれていた。一三世紀から一八〇九年まではスウェーデンの一部であり、それ以降、一九一七年まではロシアの下におかれた。フィンランドの領土の多くが、スウェーデンからロシアに割譲されたからだ。神話とナショナリズムが結びつけられるようになってきた時代でもあり、フィンランド独自の神話が発見されたことで、フィン人は、文化的な独立と自国のアイデンティティの感覚を得ることができた。リョンロートは国家的な英雄となった。『カレワラ』は、萌芽しはじめたフィンランドのナショナリズムを活気づかせ、一九一七年にロシアからの独立を宣言した「フィンランド独立宣言」にも影響を及ぼした。「フィンランドの神話」として、フィン人に『カレワラ』があたえた衝撃が、『カレワラ』の歌自体と同じくらい、トールキンに深い印象をあたえ、いわゆる「イギリスのための神話」を創作したいという願望をいだかせる大きな要因になったというのは、おおいにありそうなことだ。トールキンがじっさいに述べていたのは、自分がイギリスに「献げられる」神話、ということだったとしてもだ（『書簡集』一四四ページ）。トールキンが、自分なりのクレルヴォを、自作の神話のトゥーリン・トゥランバールというキャラクターに注ぎこんでいったという事実は、『カレワラ』

*1　選択し、編集し、集めたものを発表する、という中での収集家の役割について、やがて疑問の声が上がることにもなった。特に『カレワラ』について、「フォークロア（民間伝承）なのかフェイクロア（いんちき）なのか」という批判も起きた。ただし、トールキンが最初に『カレワラ』を読んだ当時には、トールキンも他の人たちも、発表されたものを額面どおりに受け止めていた。

がその創作に影響をあたえつづけた証拠である。

トールキンが、初めて『カレワラ』を読んだのは、バーミンガムでキングエドワード校に在学中の一九一一年のことで、一九〇七年出版のW・F・カービーによる英訳版を読んだのだった。トールキンは、カービーの翻訳には不満だったが、その素材自体はまるで「素晴らしいワイン」のようだと感じた（『書簡集』二一四ページ）。トールキンの書いた物語と、それに付随する「『カレワラ』について」と題した大学での発表原稿二本を見ればあきらかにわかることだが、トールキンは情熱を燃やして、この新しいワインの味わい、新鮮で異教的な香り、「荒々しく……文明化されていない、原始的な物語」と感じたその作品の「味わい豊かな誇張的表現」について伝えたい、と願ったのだった。この文明化されていない原始的な物語は、かれの想像力を強く魅了したので、一九一一年秋にオックスフォード大学に進んだとき、トールキンは、エクセターカレッジ図書館からC・N・E・エリオット著の『フィンランド語文法』を借りて、原書を読むためにフィンランド語を独習しようとしたほどだった。この試みは大体において失敗に終わり、かれは「大敗を喫して退却せざるをえなかった」と残念そうに告白している。

トールキンはとくに、みずから「悲運のクレルヴォ」と呼んだ（『書簡集』二一四ページ）

キャラクターに引きつけられた。これは、『カレワラ』に登場するなかで、悲劇の英雄と呼ぶのにもっともふさわしそうな存在である。じっさい、トールキンはそう受け止めていて、オックスフォード大学の学部の最終学年在学中（一九一四年一〇月のいつか）、婚約者のエディス・ブラットに向けて次のように書き送っている。「この物語のひとつを…どっさりの詩(chunks of poetry)をちりばめた、ひとつの短編に書きなおしてみようとしているところだ――これはじっさい、非常に素晴らしい物語で、きわめて悲劇的だ」（『書簡集』七ページ）。これこそが「クレルヴォ物語」であり、その大部分は、特定できるかぎりにおいては、一九一二年から一四年のあいだのどこかで創作されたらしい（同、二一四ページ）。トールキンが軍に召集されて、一九一六年にフランスに派兵される以前のことであるのは、ほぼ確実だろう。しかし、この年代は確定していない。トールキン自身は、一九一二年という早い時期を主張しているが、研究者のウェイン・ハモンドとクリスティーナ・スカルは一九一四年説を採っている。ジョン・ガースは一九一四年の終わり頃としている。手書き原稿のタイトルページ（図1）には、括弧書きで「(1916)」と、クリストファー・トールキンが書きこんでいるが、これは、トールキンが一九五四年にアイルランド国立大学から名誉博士号を授与された際の感謝状の裏面に書かれている。一九一六年という年は、そこから四〇年近くさかのぼることになる。一九一六年という年代は、その下に鉛筆書きで次のように注記されていることで、さらに疑問視されている。「HC（＝ハンフリー・カーペンター）は一九一四年としている」。このコメントは、一九七七年に出版されたトールキンの伝記をカーペンターが執筆していた時期以降のものだろう。

どんな作品でも、創作の時期を正確に特定するのはむずかしい。なぜなら、高度にクリエイティブな作業というのは、長い期間にわたって、最初の着想から最終的なヴァージョンにいたるまで発展を続けるものだし、始まったかと思うと中断し、改訂に改訂を重ねていくものだからだ。現存する証拠以上のものはないので、トールキンが「クレルヴォ」の着想を得て書き上げるまでの時期は、一九一二年から一六年のあいだというところまでしか絞ることはできない。トールキンがこの物語を書きはじめたのは、一九一一年に『カレワラ』を読む以前のことではないし、一九一六年六月にフランスに送られてからは、創作作業を続けられなかったであろうことは、ほぼ確実だ。エディスへの手紙にみられるトールキンのコメントからすると、この物語の悲劇的な特質は、神話的な特質と同じくらいに、「物語にロケットを発射」するもととなったらしい。それはかれをとても強くひきつけ、再話しなくては、という気持ちを起こさせたようだ。

「クレルヴォ物語」は、トゥーリン・トゥランバールの物語に明白な影響をあたえているが、それだけではなく、トールキンが後に生みだす作品体系の物語のスタイルを先どりしていると いう点においても着目に値する。後の作品が書かれた際の、短編小説、悲劇、神話の再話、韻文、散文などといった、さまざまなジャンルやカテゴリーや形式には、それぞれぴったりあてはまることがないままに、将来を予感させている。それは、同時に短編小説であり、悲劇であり、神話であり、散文と詩のまじりあったものでもありつつ、それでも、これほど初期の作品であるゆえにむりもないことだが、すべてが萌芽の形であり、どれも完全には具現化されていない。これらすべての領域で、「クレルヴォ物語」はトールキンの他の作品群と、ある一面において共通性を持っている。短編小説としては、後世に書かれた『仔犬のローヴァーの冒険』、「ニグルの木の葉」、「農夫ジャイルズの冒険」、「星をのんだかじや」などの短編と比較したくなる。神話の再話としては、「シグルドとグドルーンの伝説」や「アーサーの没落」と同種の分類に入る。散文と詩がまじりあっているという点では、トールキンの代表作『指輪物語』でも同じようにまじりあっているのを思い起こさせる。スタイルという点でも比較すべき根拠がある。というのも、「どっさりの詩」が、たびたびリズミカルな散文へととぎれずに結びついていき、それが詩と散文のまざりあったトム・ボンバディルの語りを想起させるからだ。

しかしながら、類似点はそこまでだ。他の側面においては、「クレルヴォ物語」は前述の作品たちとは共通するところがほとんどない。ただ、「シグルドとグドルーンの伝説」だけは、「クレルヴォ」のエッセンスである異教的な雰囲気を漂わせているし、「アーサーの没落」は逃れられぬ運命という感覚を共有している。『仔犬のローヴァーの冒険』は、最近指摘されているように、アイルランドの神話的な航海譚「イムラヴ」とのあいだに明白な類似性があるが、[*2]まだ創造の初期にあって、本質的に、まだ子ども向けの話にとどまっている。「ニグルの木の葉」は、なんとなく現代を思わせる時代と、どことは明示されなくとも、あきらかにトールキン自身の住んでいたイギリスのような場所を舞台としているが、魂の旅を題材とする寓話であり、トールキンの著作のうちでも、とびぬけて寓意的な作品となっている。「農夫ジャイルズの冒険」は、遊び心のある風刺的な疑似民話で、学者にしか解せない内輪受けのジョークや、トールキンのいたオックスフォードへの言及が数多くふくまれている。「星をのんだかじや」は、純然たる妖精物語であり、かれの短編のうちでもっとも芸術的な一貫性をそなえた作品と

*2 クリス・スワンクの論考「ロヴァランダムのアイルランド異界への航海 The Irish Otherworld Voyage of Roverandom」(『トールキン・スタディーズ』XII号所収)を参照のこと。二〇一五年に出版予定。

なっている。これらすべてとは対照的に、「クレルヴォ物語」は、断じて子ども向けの作品ではなく、遊び心もなければ風刺的でも、寓意的でもない。またトールキンが妖精物語に不可欠であると考えていた、妖精的な特質もほとんどない。それは、流血の諍《いさか》い、殺人、子どもの虐待、復讐、近親相姦、自殺などを扱う、ひたすら暗く不吉で悲劇的な物語であって、他の短編とは雰囲気も内容もまったく異なっているため、ほとんど別のカテゴリーに属するものだ。

悲劇である「クレルヴォ物語」は、アリストテレスの定義する悲劇の特徴と一致する部分が大きい。カタストロフ（運命の破局）、ペリペテイア（逆転。登場人物が期せずして意図とは逆の効果をもたらしてしまうこと）、アナグノリシス（認知。登場人物が無知から自己を認識する状態へと変化すること）といった点だ。古典的な例としてあげられるのがオイディプスだが、ソフォクレスはこの劇の舞台を、前四世紀のテーベという疑似歴史的な時間と場所に設定している。トールキンの創作した中つ国《ミドルアース》の悲劇の例としては、トゥーリン・トゥランバール（クレルヴォをかなり子細にモデルにしている）があり、悲劇にはおよそ似つかわしくない英雄、フロド・バギンズがある。袋小路屋敷から滅びの山にいたる、フロドの旅と心ゆさぶられる道程は、アリストテレスのいう悲劇の典型的な様式をすべてたどっており、中つ国の歴史という大きな文脈のなかに位置づけられている。それは、トゥーリンの物語も同様である。しかし対照的に、「クレルヴォ物語」は、歴史とはおおよそ無関係であり、それ独自の、独立した世界を創りだしていて、時代はただ「魔法がまだ新しかった頃」とされている。

既存の神話をみずからの目的に合わせて翻案しようとする、トールキンのもっとも早い時期の試みであった「クレルヴォ物語」は、より成熟した試みとなった他の二作品（一九二〇年代から三〇年代のあいだに書かれたと推測される）と同じカテゴリーに属するものだ。そのひとつは、「シグルドとグドルーンの伝説」で、アイスランドの「詩のエッダ」に登場するウォルスング一族の物語を韻文の形で再話したものである。もうひとつは「アーサーの没落」で、アーサー王伝説を扱う中世英語の二篇の詩をまとめ、現代英語の頭韻詩に作りなおしたものだ。トールキンによるアーサーやシグルドと同様に、トールキンの書いたクレルヴォは、数多くの反復を重ねてきた神話的な人物の現代版といえる。クレルヴォの持つ特徴は、さかのぼってみれば、中世初期アイルランドのアムロディ、サクソ・グラマティクスが一二世紀に書いたゲスタ・ダノールムに登場するスカンディナヴィアのアムレテウス、シェイクスピアのもっと近代的なルネサンス時代のハムレット王子にもみることができる。この系譜は、『カレワラ』のクレルヴォにまで受けつがれているが、そのクレルヴォから、トールキンはもっとも直接的な影響を受けている。とはいえ、トールキンの書いたクレルヴォの物語は、後に書いた神話からの翻案作品と完全に肩をならべるものとはいえない。まず第一に、『カレワラ』もトールキンが題材としたクレルヴォも、シグルドやアーサーに比べれば、はるかに知名度が低い。「クレルヴォ物語」は、シグルドやアーサーをよく知っている多くの読者にとって、この英雄らしくない英雄に出会う最初の機会となるだろう。というわけで、トールキンのヴァージョンは、余分な荷物を持っておらず、先入観をあたえることもないだろう。トールキンのクレルヴォに、シェイクスピアのハムレット王子と似たところをみつけられる読者は、いたとしてもごく少数だろう。とはいえ、鋭い眼力があれば、クレルヴォの冷酷で邪悪な叔父ウンタモのうちに、ハムレットの冷酷で邪悪な叔父クラウディウスとの共通点をみつけることはできるかもしれないが。

物語の形式という点では、トールキンの「クレルヴォ」は、短編小説と長編詩のあいだに位置しており、散文と韻文がまじりあい、様式化された散文物語に長い詩がさしはさまれるという形で書かれている。この作品は、「シグルドとグドルーン」と同様に、登場人物たちが決して逃れることのできない、運命に呪われた愛の物語である。そして、「アーサーの没落」と同じく、人生を容赦なく決定づけていく、宿命と人間の決断が織りなす物語である。「シグルドとグドルーン」は違うのだが、「アーサーの没落」と共通している点は、この作品が未完であるということだ。物語は、最後のクライマックスを前に中断してしまい、最後の方の場面については、走り書きのあらすじとメモの形で描かれているだけだ。こうして未完に終わるというのは、残念ながら、トールキンの著作の多くに共通する特徴となっている。「シルマリルの物語」も、その物語の多くはトールキンが亡くなったときにまだ執筆が進められている途中であり、生前に完成に至ったものは少なかった。そういう否定的な面はさておき、これまでにあげてきた理由からして、「クレルヴォ物語」はトールキンの芸術全体のなかに位置づけられる価値のある作品だといえよう。

しかし、「クレルヴォ物語」のもっとも重要な点は、先に述べたとおり、これがトールキンの伝説の根幹をなす物語のひとつである「フーリンの子ら」の前段階となっているということだ。「クレルヴォ物語」の中心キャラクターは、あきらかに「フーリンの子ら」の主人公であるトゥーリン・トゥランバールの前身である。トールキンは、トゥーリンのモデルとして、ほかからも引用をおこなっていて、アイスランドの「エッダ」からトゥーリンの竜殺しのエピソードを借りているし、ソフォクレスのオイディプスも（先に述べたとおり）トゥーリンと同じく、自分が何者であるのかをさがし求める悲劇の英雄である。とはいえ、『カレワラ』がなければ「クレルヴォ物語」はなかったし、「クレルヴォ物語」がなければトゥーリンもなかった、といっても過言ではないだろう。たしかに、トゥーリンの物語がなければ、トールキンの創作神話は悲劇的な力の多くを失うことになっていただろうし、『指輪物語』以外で、もっとも心を動かす物語を失うことにもなったといえよう。わたしたちはまた、「クレルヴォ」のなかに、おぼろげな形ではあっても、トールキンの著作にくりかえし登場するモチーフの多くを見いだすことができる。たとえば、父のない子、超自然的な助け手、叔父と甥の張りつめた関係、大切な形見の品もしくは護符、などである。こうしたモチーフは、新しい物語のなかに導入されると、まったく違った方向に向かうこともしばしばだが、それでも、トールキンにとって初の本格的な作品である「クレルヴォ物語」から、生前に出版された最後の作品である「星をのんだかじや」にいたるまで、一貫した流れをたもっている。

先にふれた、ウォルドマン宛ての手紙のなかでトールキンは、自分の創作神話が「他人の心や手が、絵画や音楽や演劇を自由に創造する」余地を残せればいい、という希望を表明している（『書簡集』一四四〜一四五ページ）。トールキンはここでも『カレワラ』のことを考えていたのかもしれない。絵画や音楽、他者に余地を残す、といった言及は、『カレワラ』の素材が、インスピレーションを得た芸術家たちによって絵画や音楽の形に翻案されたことを、暗に指していると考えられるからだ。とくに顕著な例が、作曲家のジャン・シベリウスと画家のアクセリ・ガレン＝カレラ、一九世紀終盤から二〇世紀初頭にかけて活躍した、もっとも有名なフィンランドの芸術家たちだ。シベリウスは『カレワラ』から材をとり、「レンミンカイネン」と「タピオラ」をオーケストラの組曲に、より長い「クレルヴォ組曲」をオーケストラと合唱のための曲として作り上げ、神話を音楽の形にした。アクセリ・ガレン＝カレラは、フィンランドの近代画家としてとくに著名な人物だが、『カレワラ』の場面を描く一連の作品を制作している。そのなかには、クレルヴォの人生の重要な場面を描いた絵が四枚ふくまれている。クレルヴォというキャラクターの人気ぶり、多くの芸術家をひきつけているところからして、この人物は、同様に悩み多き現代の暴力と不合理性を、ある種、民俗的な形で具現化した存在とみなすことができる。さほど想像をめぐらせなくても、同じように戦争に引き裂かれた時代の産物である、トールキンのトゥーリン・トゥランバールは、同じ種類の英雄として、同じ光のなかで見ることができるだろう。

トールキンの物語の流れは、『カレワラ』のルノ・第三一〜第三六までをていねいになぞっている。これらはカービーの翻訳では、次のようにタイトルがつけられている。「ウンタモとクレルヴォ」、「クレルヴォとイルマリネンの妻」、「イルマリネンの妻の死」、「クレルヴォと両親」、「クレルヴォと妹」、「クレルヴォの死」。別々の詩という形はとっているが、これらは

（かならずしも完全に統一はされていなくとも）一貫性のあるつながりを形成している。破局をもたらす兄弟間の争いから、兄弟の一方が死に、もう一方が死んだ兄弟の子であるクレルヴォの残虐な後見人となるという、一連のストーリーである。その少年は、後見人から、そして後見人の妻から、不当な扱いと虐待を受けつつ不幸な子ども時代を生き延びる。かれは、溺れさせられたり、焼かれたり、木に吊されたり、という形で三度にわたって殺されそうになる。最終的には、両者への復讐を果たすことになるのだが、知らずして妹との近親相姦を犯してしまい、手遅れになってからその事実に気づいて、破滅への道をたどる。トールキンの扱い方は、この物語をより深いものにしている。破局が判明するまでの時間を引き延ばし、心理と謎の双方をくわえて、キャラクターを発展させる一方で、自身がまず『カレワラ』に魅了されるもととなった、異教的で原始的な特徴は残して強調している。

「クレルヴォ物語」は、単一の手書き原稿の形で存在しており、ボードリアン図書館所蔵のMS Tolkien B 64/6がそれにあたる。これは、読みやすいが、仕上げをしていない走り書きの草稿で、抹消した部分や、欄外や行の上の加筆、訂正、修正などが多くみられる。テキストは、番号をふられた一三枚の、二つ折りのフールスキャップ判の用紙の両面に鉛筆で書かれている。物語の本文は、一三枚目の表面の半ばくらいで突然とぎれている。これは、物語の四分の三ほどのところである。同じページに、話の残りの部分に関するメモとあらすじが続けて書かれている（図4、5）。これは、そのページを埋めて、裏面の上部まで続いている。さらに、サイズはさまざまな、綴じられていない紙片が何枚かあって、そこにはあきらかに準備段階のものであるプロットの概略や、走り書きのメモ、名前のリスト（図3）、韻を踏む語のリスト、物語中の一篇の長い詩「今やわたしも、まことの男となった」の草稿がいくつかある。もし、MS Tolkien B 64/6に書かれているのが、もっとも早い時期の、そして（メモ書きの紙片を除いて）唯一の物語の草稿であるとすれば（どうやらそのようだが）、トールキンがこの手稿に施した改訂作業は、かれの最終稿であるとみなすべきだろう。

わたしは、トールキンの、時として突飛な用語法や、しばしば入り組んだものになっている構文をそのまま残した。ただし、いくつかの箇所で、意味をはっきりさせるのに必要な場合に、句読点をつけくわえた。角括弧［　］は、推測的な読みや、本文から脱落している単語や単語の一部を補って、意味を明確にするために使っている。母音の上につけて、発音を区別するための記号（主に長音記号、時として短音記号やウムラウト）の使用法は一貫しておらず、意図的に省いたというよりは、急いで執筆していてそうなったと思われる。書きだしのまちがいや、取り消された単語や行は削除したが、四か所だけ例外がある。そういう箇所は、物語に関してとくに興味を誘う部分のみ、波括弧︷︸で囲って、手稿では抹消されているフレーズや文を残した。そのような抹消された部分のうち三か所は、トールキンが、魔法の性質や超自然的なものに長いあいだ魅了されていたことを裏づけている。最初の二か所は、冒頭の文にある。すなわち、（一）「昔、魔法の」（二）「魔法がまだ新しかった時代」という部分である。三つめは、「クレルヴォに、かれ［ムスティ］は三本の毛をあたえ……」という書きだしで始まる長い文で、クレルヴォの超自然的な助け手である犬のムスティに言及している。これもまた、この物語が魔法とかかわっていることを証拠立てている。四つめは、本文の後の方にある「わたしは幼くして、母を亡くした……」という部分だが、これは自伝的要素とかかわりがあるかもしれない。

わたしは、本文をとぎれさせたくなかったし、読者の気を散らせたくなかった。そこで、「注釈と解説」の部を物語本文の後にまとめて設けることにした。ここで用語や語法について説明し、参考文献を引用し、トールキンの物語と、その源泉としての『カレワラ』との関係をはっきりさせることにした。この部分では、トールキンの準備段階のあらすじのメモもご紹介する。それによって、読者は、あきらかな変化を見てとり、トールキンの想像力がたどった道筋を追うことができるだろう。

このたび出版されるトールキンの物語と、付随する論考「『カレワラ』について」の草稿によって、トールキンが（一九一四年のエディスへの手紙のなかで）「非常に素晴らしく」、「きわめて悲劇的」と呼んだ物語、トールキンの伝説体系に非常に大きく寄与した作品を、学者にも批評家にも、一般の読者の方々にも、等しくお読みいただけるようになる。みなさまが、トールキンの作品に追加する価値のある重要な作品として、本書を受け止めてくださることを期待したい。

名前に関する覚書

この物語は、書き進められている途中の作品である。物語が完結していないから、というだけではない。トールキンが、最初は『カレワラ』の名前リストのとおりに名前をつけていたが、やがて創作を進めるうちに、自分で考案した名前やニックネームへと変更していったからだ。変更されていないのは、主要登場人物である殺された兄のカレルヴォ（Kalervo）と、その子であるクレルヴォ（Kullervo）、殺人者である弟・叔父であるウンタモ（Untamo）くらいである。その三人でさえ、『カレワラ』に由来しない、さまざまなニックネームをあたえられている。とはいえ、トールキンのテキストは、かならずしも一貫しているわけではない。時として、すでに放棄した古い名前に逆もどりしたり、あるいは変更を忘れてしまったり、ということがある。もっとも注目すべき名前の変更は、『カレワラ』に登場する鍛冶屋の名である「イルマリネン（Ilmarinen）」から「アーセモ（Āsemo）」への変更だ。「アーセモ」は、トールキンの作品に登場する同じ人物だ。「注釈と解説」で、「鍛冶屋アーセモ」の項（注28、一〇九ページ）を見ていただければ、名前の語源に関して、もっと詳しい議論をお読みいただける。トールキンは、クレルヴォの妹であるワノーナ（Wanōna）と、犬のムスティ（Musti）についても、別名を試してみている。

わたしがカール・ホステッターから指摘を受けたところによれば、「クレルヴォ物語」に登場する創作された名のいくつかは、トールキンの考案した試作言語であるクエンヤの、知りうるかぎりでもっとも早い時期の試みを反映している、あるいは先どりしている、ということだ。物語に登場するクエンヤ的な名前としては、神の名である「イル（Ilu）」、「イルッコ

(Ilukko)」、「イルウィンティ(Ilwinti)」があるが、どれも「シルマリルの物語」に登場する主神「イルーヴァタール(Ilúvatar)」を強く連想させるものだ。カレルヴォのニックネームであるカンパ(Kampa)は、初期のクエンヤ語にみられ、トールキンの創作したもっとも古い登場人物のひとり、エアレンデルの別名で、「跳ぶ者」を意味する語として使われている。物語に「ケーメ(Kēme)」あるいは「ケメヌーメ(Kĕmĕnūme)」などといった形で登場する地名は、「大いなる地、ロシア」と注釈がつけられているが(図2)、これはクエンヤ語で「大地、土」とされる言葉である。テレア(Telea)という地名(じっさいのカレリア)は、「シルマリルの物語」のテレリ(Teleri)を想起させる。ヴァリノールから中つ国《ミドルアース》へと旅したエルフ、三種族のうちのひとつである。「マナロメ(Manalome)」、「マナトミ(Manatomi)」、「マノイニ(Manoini)」は、「空、天」を表わす言葉だが、クエンヤの「マナ(Mana)/マンウェ(Manwë)」を連想させる。これは「シルマリルの物語」に登場する、下位の神々ヴァラールの長の名である。「クレルヴォ物語」に登場する名前と、萌芽しつつあったクエンヤ語とのあいだに、年代的な関係が存在することは、状況証拠から肯定できそうだが、年代的にもっとも古い証拠は、クエンヤ語の語彙集にふくまれている。

クエンヤ語の発展過程について、さらに知りたいと思われる読者は、トールキンの「クエニヤケツァ、クエンヤ語の音韻と語彙 Qenyaqetsa: The Qenya Phonology and Lexicon」を参照されたい。これは一九一五年から一六年にかけて書かれたとみられており、一九九八年に研究誌『パルマ・エルダランベロン *Parma Eldalamberon*』XII号に掲載、出版された。

ヴァーリン・フリーガー

I

「クレルヴォ物語」

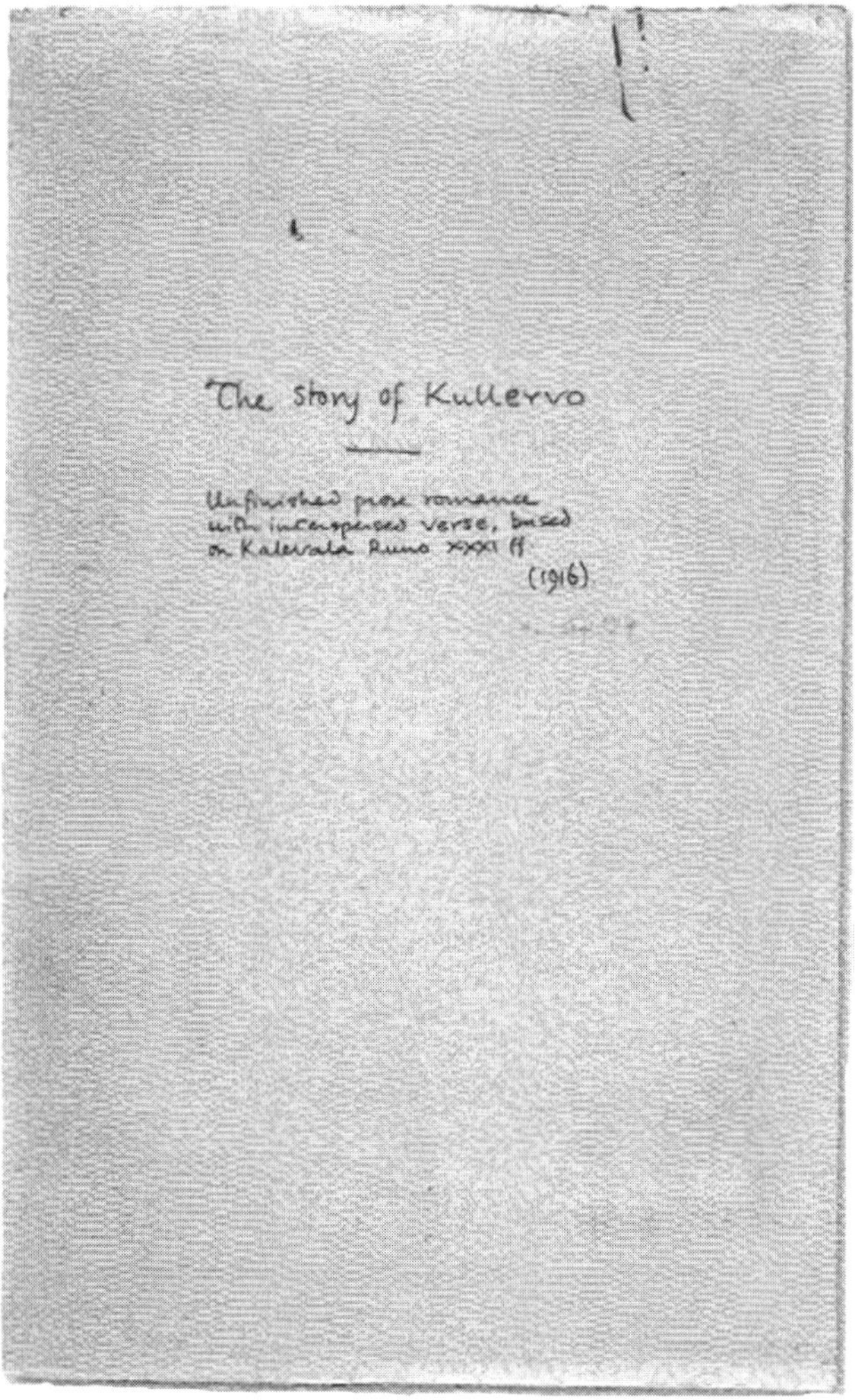

図1　物語草稿のタイトルページ
（クリストファー・トールキンによる手書き）
［MS Tolkien B 64/6 folio 1 表面］

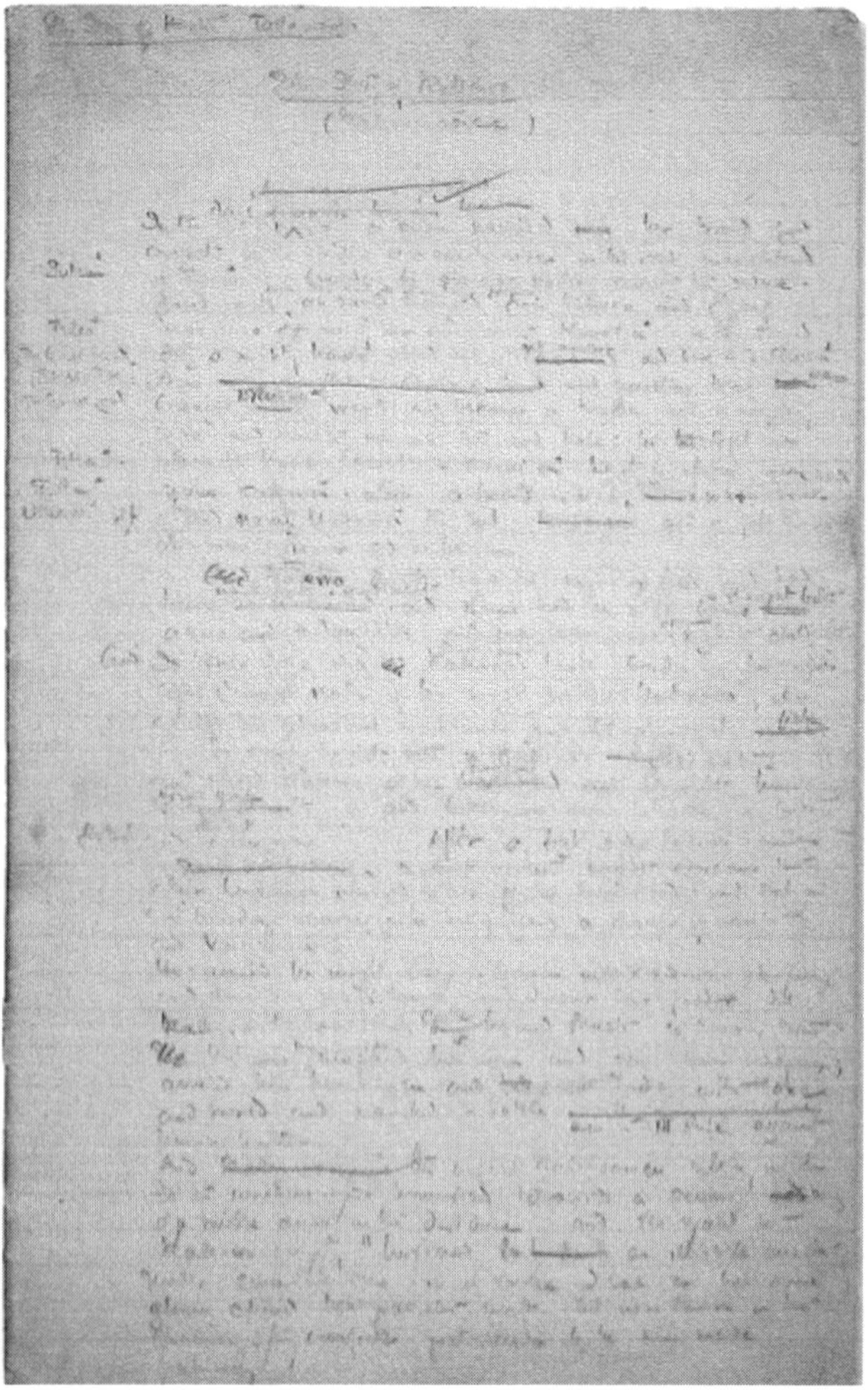

図２　物語草稿の１枚目
[MS Tolkien B 64/6 folio 2 表面]

[1]ホント・タルテウェンレンの物語

「[2]クレルヴォ物語」
（カレルヴォンポイカ）

｛昔、魔法の｝｛[3]魔法がまだ新しかった｝時代のこと、[4]スッツェの葦《あし》生い茂る沼地の、水滑《なめ》らかな河の畔で、一羽の白鳥が雛鳥たちを養っていた。ある日、菅《すげ》にかこまれた池から池へ、雛らを引きつれ泳ぎまわっていると、鷲が天より襲い来て、子を一羽攫《さら》って高く舞い上がり、[5]テレアへとつれさった。次の日、強き鷹が、さらにもう一羽を奪い、[6]ケメヌーメへとつれさった。ケメヌーメにつれてゆかれた幼子は、長じて商人となり、この哀しき話に出てくることはない。だが鷹がテレアへと運び去った子、それこそは、人に[7]カレルヴォと呼ばれた者である。一方、後に残った第三の子が、しばしば人に噂され、悪しき[8]ウンタモと呼ばれた者であり、恐るべき魔法使いにして力ある者へと成長した。

さてカレルヴォは魚の棲《す》む河辺に住み、そこから愉しみと糧《かて》とを得ていた。[9]歳月を重ねるうち、その妻は一人の息子と一人の娘とをもうけ、さらにまた子を産まんとしていた。その頃、カレルヴォの領地は、力ある弟ウンタモの住まう小暗き領域と境を接し、ウンタモは、その心地よい河辺の土地とあふれるほどの魚を妬《ねた》み欲した。

そこでウンタモは、カレルヴォの魚の棲む河に網を張って、カレルヴォの釣魚《ちょうぎょ》を奪い、兄をおおいに悲嘆させた。兄弟のあいだに不和が兆し、ついには公然たる戦いとなった。川岸での戦いは、いずれもゆずらず、その後ウンタモは暗き棲まいにもどって座し、悪しき考えをめぐらせた。（その指で）怒りと復讐の謀《はかりごと》を編み上げた。

ウンタモは、猛《たけ》き牛どもをカレルヴォの牧場《まきば》になだれこませ、羊を追い出し、飼い葉を喰らいつくさせた。するとカレルヴォ[10]は黒き猟犬ムスティをけしかけ、牛どもを喰いつくさせた。ウンタモは激しく怒り、男らを集めて武器をとらせた。部下たちと奴隷の若者らは、斧と剣とで武装をととのえ、戦《いくさ》に向かって進軍した。骨肉の兄に対する、悪しき争いであったとしても。

カレルヴォイネンの妻は、屋敷の窓辺に座していたが、遠く彼方に、にわかにわき起こる煙の群れを見てとった。そしてカレルヴォに言った、「夫よ、ご覧あれ、かしこに禍々しき煙が上っておりまする。こなたへおいでくだされ。わたくしが見ているのは、煙でしょうか、それとも、たちまち過ぎゆく厚く［?］暗い雲に過ぎないでしょうか。ほら今は、作られたばかりの小道のすぐ向こう、トウモロコシ畑の境あたりに漂っておりますが？」

するとカレルヴォは、重く沈んだようすで言った、「あれは、妻よ、秋の煙でもなければ、通り過ぎゆく影でもない。おそらくあの雲は、決してすみやかに去ることもなく、わが家とわが一族を悪しき嵐に巻きこまずにはおかぬであろう」。そして、視野に入ってきたのは、ウンタモの軍勢で、その数の多さと屈強さ、煌《きら》びやかな緋色の衣装が前方に見てとれた。鋼はきらめき、帯には剣が下がり、手には頑丈な斧が光り、兜の下には俯《うつむ》くまがまがしい顔が見えた。ウンタモイネンはつねに、[11]残虐で粗野な男どもを集めていたからだ。

家の者らが農地のあたりに出ていたため、カレルヴォはひとり斧と盾を取り、急ぎ敵に向かっていき、そして忽《たちま》ち斃《たお》れた。みずから享受すべき美しい収穫期の、秋の陽射しが照る牛小屋のそば、おのれの庭で、数多《あまた》の敵兵に圧倒されて。ウンタモイネンは邪悪にも、兄の身体をその妻の眼前で切り捨て、[12]その民と土地とを蹂躙した。配下の荒くれ男どもは、人も家畜も手あたりしだいにすべて殺した。ただカレルヴォの妻とふたりの子らのみを容赦し、[13]ウントラの陰鬱なる館につれさって虜とした。

　母の心には苦悶が満ちた。カレルヴォを深く愛し、深く愛されたかの女は、ウンタモの館にあって、もはや日の下の世界の何ものをも愛せなかった。やがて時が満ち、かの女は悲しみのうちに、[14]カレルヴォの子らを産んだ。男児と女児がいちどきに生まれた。誕生の時から、ひとりは大いなる強さを、もうひとりは大いなる美しさをそなえ、はじめからたがいを愛《いとお》しんでいた。しかし母の心は胸の内で死に絶え、その美点を一顧だにしなかった。母の悲しみは和らぐことなく、葦の生い茂る水滑らかな河、魚の棲む流れの畔のわが家で過ごした懐かしき日々や、子らの亡き父カレルヴォをしのぶばかりであった。母は男児を[15]クレルヴォ、すなわち「怒り」と名づけ、娘を[16]ワノーナ、すなわち「泣く」と名づけた。そしてウンタモは子らを殺さずにおいた。育てばよき下僕《しもべ》となるであろう、命ずるところに従わせ、おのれに傅《かしず》かせ、他の不器用な男どもに支払うような賃金をかれらには払わずにすむだろうと考えたからだ。しかし、母に育まれず、子らは歪んだかたちで育てられた。奴隷の身にあって、幼子らは、養育者に[17]揺り籠を荒っぽく揺すられたからだ。また、苦さを、生みの親ではない者の胸より吸ったためだ。

　クレルヴォの止《と》め処《ど》なき力は、抑えきれぬ願いを生んだが、望むものをなにひとつ得られず、すべての仕打ちを恨みに思った。ワノーナは、野育ちの孤独な乙女となった。立てるようになるとすぐに、ウントラの暗き森を彷徨《さまよ》うようになった――それはとても早かった。この子らは驚くべき子らであり、魔法[18]の使い手から一世代しか離れていなかったからだ。クレルヴォも妹に似ていた。つねに扱いづらい子で、ついには、怒り狂っておくるみを千々に引き裂き、力まかせに蹴って科《しな》の木《き》の揺り籠を粉々にするまでになった――だが、よく育って強い男となるだろう、と人はいい、ウンタモは喜んだ。クレルヴォが、やがて剛勇の戦士となり、強健な家来となるであろうと考えたからだ。

じっさい、その見込みがないわけでもなかった。三か月で、まだ[19]膝ほどの背丈しかないのに、クレルヴォは立ち上がり、癒えることなき苦悶になやむ母に、突如として語りかけた。「おお、わが母よ、おお、最愛なる御方よ、何故かくも悲しまれるのですか?」そこで母は息子に、わが家での「カレルヴォの死」の卑劣なる物語を語り聞かせた。働いて得たものすべてがいかにして掠奪されたかを語り、カレルヴォが弟のウンタモとその家来どもに殺《あや》められ、すべてが失われ、残ったのはただ大いなる猟犬ムスティのみであったことを語った。ムスティは、その野からもどって、主人《あるじ》が殺され、女主人と子どもらが虜となったのを知った。ムスティは、その囚われの道行きを追い、ウンタモの館を囲む青き森までやってきて、ウンタモの家来の目を避けつつ野生の暮らしをしている。ときどき羊を殺し、夜にはよくその吠え声が聞こえる。ウンタモの手下どもは、死者の王トゥオニ[20]の猟犬だと噂しているが、じつはそうではない。

これらすべてを母は語り、手のこんだ細工のすばらしい短剣を息子にあたえた。カレルヴォが野に出るとき、つねに腰に帯びていた短剣で、いまだ名を知られぬ頃に鍛えられた、きわめて鋭い刃であった。かの女は、愛する者の助けになればと、それを壁から取ってきたのだ。

ここでまた母は悲嘆へと舞いもどり、クレルヴォは声高に叫んだ、「わが父の短剣にかけて、わたしが大きくなり、この身が強くなったなら、その時こそ父を殺めた者に復讐し、わが生みの母の涙にかならず報いよう」。こうした言葉をかれは、これを最後に二度と口にはしなかったが、その一度《ひとたび》をウンタモが聞き咎《とが》めたのだ。憤怒と懸念に、ウンタモはうち震えて言った。こやつのせいで、わが一族は滅びてしまう。カレルヴォが息子のうちに甦っているから、と。

そこでかれは、この少年に、ありとあらゆる悪しき企みをした（赤児はすでに少年とみえたのだ、姿も強さも、きわめて速く驚くべき成長をとげていたから）。そして、双子の妹、麗《うるわ》しの乙女ワノーナのみが（すでに乙女とみえたのだ、姿も美しさも、たいへんすぐれて目を瞠《みは》るような成長をとげていたから）かれを憐れみ、ともに青き森を彷徨《さまよ》った。（先にこの話で語られた）年長の兄姉は、自由のうちに生まれて父の顔も知っていたのであるが、囚われの身で生まれたこの孤児らよりも奴隷らしかった。ウンタモに屈服し、その悪しき命令すべてに従い、河辺での豊かな日々に自分らを育ててくれた母を、慰めることなどまるで考えもしなかった。

森を彷徨《さまよ》うふたりの子らは、父カレルヴォが殺されてから一年とひと月後、はからずも猟犬ムスティと出逢った。ムスティから、クレルヴォは、父とウンタモについて、多くを学んだ。より暗く、よりおぼろげな、より遠い昔のことを。あるいはそれは、かれらの魔法の日々よりもさらに昔、[21]沼地の国トゥオニで人々が魚を獲っていたよりもさらに昔のことかもしれぬ。

さてムスティは、世にも賢き猟犬であった。いつどこで産まれたのか、知る者とてなかったが、凄まじき力と強健さと大いなる知識を持つ犬であるといわれていた。ムスティは、野生の者どもとのあいだに血縁と親交があり、獣皮をとりかえる秘技をわきまえていたので、狼や熊や大小の牛のような姿をとることができ、さらにほかの魔法も多く知っていた。そしてその夜、猟犬ムスティはウンタモの邪心について警告し、ウンタモがクレルヴォの死をこそ望んでいると伝えたという。〔[22]そしてクレルヴォに、かれは自分の毛皮の毛を三本あたえて言った、「クレルヴォ・カレルヴァンポイカ、そなたがウンタモにより危難に遭うなら、この毛を一本取ってよばわるがよい、『ムスティ、おおムスティ、汝の魔法でわれを助けよ』」と。そうすれば、そなたは災難のなかで、不思議な助けを見いだすであろう」〕

そして翌日、ウンタモはクレルヴォを捕らえて樽に押しこみ、流れ速き激流に放りこんだ——少年にとってそれは死の川、トゥオニの河のごとくに思われた。しかし三日後に、人々が川を見てみると、クレルヴォは自力で樽から逃れ出て、波の上に座り、銅の棒に絹糸をつけて魚釣りをしていた。その日からかれは、大いなる釣り人として知られるようになった。さて、これはムスティの魔法であった。

やがてまた、ウンタモはクレルヴォの身を滅ぼそうとして、下僕どもを森に遣《つかわ》し、樺《かば》の大木、松脂《まつやに》の滲みでる松の木を、千の針を持つ松の木を集めさせた。かれらは橇《そり》いっぱいに樹皮を集め、全長［百］[23]尋《ひろ》に及ぶ秦皮《とねりこ》の大木を集めた。ウントラの暗き森は、まことに威容を誇る森であったからだ。これらすべてがクレルヴォの火刑のために積み上げられた。

薪の下に火をつけると大きな炎がパチパチと爆《は》ぜ、木の燃える臭いと不快な煙にかれらはひどく噎《む》せた。そしてすべては赤々と熱く燃え上がり、下僕らはクレルヴォをそのただ中に押しこんだ。火は二日間燃えつづけ、三日目も燃えていたが、少年は膝までの灰の中に座り、肘まで熾火《おきび》にまみれつつ、銀の火掻き棒を手に熱い燃えがらをみずからの周りにかき集めていた。それでも自身は無傷であった。

そこでウンタモは、自分の魔法すべてがなんの効力もなかったのを知り、目も眩《くら》むほどの怒りにかられて、かれを木に吊《つる》して辱《はずかし》めた。兄カレルヴォの子は樫《かし》の大木に高く吊されて、二晩が過ぎ、三晩目も過ぎ、そして夜明けにウンタモは、クレルヴォが絞首台の上で死んでいるか否かを見に行かせた。すると下僕が畏怖しつつもどってきた。その報告はこうであった、「ご主人様、クレルヴォはまだまったく滅んでおりませぬ。絞首台で死んでもおりませぬ。その手に大いなる短剣を握り、その木に驚くべきものを刻んでいます。樹皮の上一面に彫刻が施され、そこに主に見えるのは大魚と（これは昔からのカレルヴォの印であった）、狼たち、熊たち、そしてトゥオニの恐るべき猟犬の群れの一頭かともおぼしき、巨大な猟犬であります」

さて、クレルヴォの命を救った魔法は、最後のムスティの毛によるものであった。短剣は、[24]大いなる短剣シッキ、すなわち母に授けられた父の短剣であった。そしてこれ以降クレルヴォは、この短剣シッキをあらゆる金銀にもまして大事にするようになった。

ウンタモイネンは恐れ、少年を護る大いなる魔法にやむなく屈して、かれを奴隷とするべく派遣した。賃金なくわずかな食物のみで働かせるために。じっさい、かれはたびたび飢えたであろう、ウンティの扱いがいささかましであったワノーナが、おのれのわずかな糧から兄に多くを分けあたえなければ。年長の兄姉は、双子になんの同情も示さなかった。むしろウンティに隷属することで、自分らが安楽な暮らしをしようとした。クレルヴォは胸中に大きな怨みをつのらせ、日ごとにますます気むずかしく兇暴《きょうぼう》になってゆき、ワノーナのほかにはだれにも穏やかに話すことはなかった。ワノーナには往々にして無愛想であったが。

クレルヴォの背が伸び、力が増したとき、ウンタモは使いをやってこう伝えた、「これまでわが家にそなたをとどめおき、そなたのふるまいに応分の賃金をあたえてきた——腹への食物、もしくは耳への殴打をな。さあ、そなたは働かねばならぬ。奴隷か下僕の仕事をそなたにあたえよう。さあ行け、青き森にある近くの叢林を開墾せよ。さあ行け」。そこでクリは出かけた。だがかれは、うれしくないわけではなかった。二歳でしかないのに、斧を手にして自分が成年に達したと感じ、森へと向かいつつ歌った。

森林でのサーケホントの歌である、

[25]今やわたしも、まことの男となった
年齢《とし》は未だ夏を経ること少なく
この森の春の景色は
わが目に新しく、美しく見えるが。
わたしはかつてより立派になった

五倍の力がこの身にそなわり
わが父の剛勇が
この森の春の季節に
サーケホント、わが身内にわき起こる。
おお、わが斧、わが最愛の兄弟よ――
族長にこそふさわしき斧よ、
さあ、ともに樺の木を倒しにゆこう
その白く伸びる幹を伐《き》りにゆこう。
わたしは朝《あした》にそなたを磨《みが》き
夕べに柄を作った。
そなたの刃は樹幹を襲い
森に覆われた山々は目覚め
木々は大地へと倒れるだろう。
この森の春の季節に、
そなたの打撃のもとに、わが鉄なる兄弟よ。

そして、サーケホントは森へと進み、右に左に目に映るものすべてを伐《き》り倒した。その残骸など少しも意に介さず、凄まじき力でなぎはらったため、背後には大きな刈り跡ができた。やがてかれはやってきた、暗き山々の坂をはるか高くに上ったところ、森の樹木が密生するあたりに。それでも恐れなかった。野生のものとは親しかったし、マウリ［ムスティ］の魔法に護られていたからだ。そして、とくに巨木を選んで切り倒し、太い幹は一撃で倒し、細い幹は半分の力で倒した。巨木が七本、目の前に横たわったとき、不意にかれは斧を放りだした。斧は樫の大木に半分刺さり、樫は呻《うめ》き声を立てたが、斧はそのままそこで震えていた。

だがサーキは叫んだ、「地獄の王タントが、このような労働をなし、材木作りのためにレンポを遣《つかわ》されるように」[26]

そしてこう歌った、

ここには二度と若木が育たぬように
草の葉も青々と茂らぬように
大いなる大地が続くうちは。
また黄金の月が輝いて

その光の箭《や》がサキの森の枝々から
かすかに漏《も》れきたるうちは。
さあ、種が地に落ち
若き穀物が上へと芽吹き
そのやわらかな葉は開き
その上に茎が伸びる。
それでも決して穂が出ぬように
黄色い頭《こうべ》がみのりに垂れぬように
サーケホントの森の
この林の開拓地では。

ほどなくウールトがようすを見にやってきた。おのれの奴隷なるカンポの息子が、いかにして森に開拓地を作ったのか確かめるために。しかし、開拓地は見あたらず、あちらにもこちらにも容赦ないめった切りのあとがあり、最高の木々がそこなわれていた。これについてかれは考えこみ、こう言った、「このような労働に、この奴隷めは向いておらぬ。最高の木材をそこなってしまっておる。さて、われにはわからぬ、こやつをいずこに送るべきか、こやつになにをさせるべきか」

だがかれは熟慮し、畑と荒野の境を仕切る柵を作らせるために、少年を遣《つかわ》した。そして、この仕事のためにホントは出ていったが、すでに倒した巨木を集め、さらにほかの木も切り倒した。青きプホーサの森から、樅《もみ》の木や丈高い松の木を倒し、柵の支柱としてもちいた。そしてこれらを七竈《ななかまど》で確実に縛り、編みあわせた。そうして、少しの隙間も切れ目もなく続く、木の壁を作った。かれは門も設けず、開口部も抜け道も残さなかったが、冷たく独りごちてこう言った、「鳥のごとく素早く高く舞い上がるか、野の獣のごとく地を掘るかしなければ、何者もこれを越えられはせぬ、ホントの作った柵を通り抜けられはせぬ」

しかし、頑丈すぎる柵はウールトの不興を買った。そしてウールトは戦《いくさ》の奴隷を叱責した。その柵には門も隙間もなく、抜け道も裂け目もなく、下は広き大地、上はウッコの雲のあいだにまで高く聳《そび》えていたからだ。

よってこれを人は、高き松の尾根、「サーリの垣根」と呼ぶ。

「このような労働には」とウールトは言った、「そなたは向いておらぬ。さりとて、なにをさせたらよいのかわからぬが。では、そこへ行かせてみようか、脱穀を待つライ麦があるゆえ」。

すると、サーリは怒りにまかせて脱穀し、ライ麦が粉々になるまで脱穀した。籾殻をウェンウェの風が捕らえ、埃のごとく吹き飛ばして、ウールトの目に入れた。これにウールトは怒り、サーリは逃れた。そのことで母は恐れ、ワノーナは泣いた。だが兄姉はそれを叱責して言った、サーリはウールトを怒らせることしかせぬ、サーリが森に隠れているあいだに、その怒りによる災難を、みなで受けることになるのだと。サーリの心は苦痛を味わい、ウールトは口にした、少年を奴隷として遠い国に売り払い、厄介ばらいしようかと。

そこで母は懇願して言った、「おお、サーリホントー。もしそなたが外国《とつくに》に行ったら、奴隷として遠い国に行ったら、見知らぬ人々のなかで死んでしまったら、だれがそなたの母のことを考えてくれましょうか、だれが悲運の女を毎日世話してくれましょうか？」不機嫌なサーリは、わるびれもせず怒鳴り、口笛を吹いた。

かの女は乾草の山で飢えるがよい
かの女は牛小屋で働くがよい

これに対して、兄姉はこう声を合わせて言った、だれが毎日そなたの兄を世話するだろう？
だれがこの先かれの面倒をみるだろう？

すると、こういう答えが返ってきたのみであった、

かれは森で死ぬがよい
さなくば草地で果てるがよい

そして姉が、情け知らずと非難すると、かれは答えた。「不実な姉よ。そなたがケイメの娘[27]であろうと、どうでもよい。だが、ワノーナとの別れはつらいだろう」

それからかれは、母たちのもとを去った。ウールトは少年の体躯の大きさ、増しつつある強さをみて思いなおし、また別の仕事をさせることにした。どのようにして、世にも巨大な引き網を広げたか、その次第が語られている。かれは舟の櫂《かい》を握って訊いた、「さあ、全力で漕ごうか、ふつうの力で漕ごうか？」舟の舵手は答えた、「全力で漕げ。そなたは、この舟を真っ二つにはできまいから」

そこでカンパの息子サーリが全力で漕ぐと、木製の櫂受けは裂け、杜松《ねず》の肋材は粉微塵に、ポプラの外板も粉砕された。

それを見てウールトは言った、「いや、そなたは漕ぐということを解っておらぬ。魚を網に追いこめ。もっと狙いをもって、泡ではなくて魚追い棒で水を打つのだ」。しかしサーリは棒を掲げつつ、声を上げて訊いた、「棒で打つのに、男らしく全力で打とうか、ただゆったりふつうの力で打とうか?」すると魚網をあやつる漁師は答えた、「いや、全力で打て。力も出さずにただのんびりと打って、働いているといえるのか?」そこでサーリは全力を出し切って打った。すると水は攪拌されてスープとなり、網は打たれてぼろ糸となり、魚はねばねばの残骸と化した。ウールトは底知れぬ怒りにかられ、こう言った、「まったくの役立たずだ、この奴隷めは。どんな仕事をあたえようとも、こやつは悪意でだいなしにする。奴隷として、大いなる国に売ってしまおう。かの地の[28]鍛冶屋アーセモならば引き受けるだろう。こやつの力は槌をうまく揮《ふる》えるだろうから」

サーリは怒りと心痛に泣いた、ワノーナと黒き犬マウリとの別れを思って。すると兄が言った、「そなたのために泣きはしないぞ。たとえ、遠き異国にてそなたが死んだと聞こうとも。そなたよりも弟らしく、外見もそなたより好ましい者をみつけよう」というのは、サーリは顔

が見目よくなく、浅[29]黒く、醜く、背丈も横幅とつりあわなかったからだ。するとサーリは言った、

「おまえのために、わたしは泣かぬ
たとえおまえが死んだと聞いても。
わがために、こんな兄を作ろう――

やすやすと。石の頭、サルヤナギの口、目はクランベリーで、髪は萎《しな》びた刈り株。柳の小枝で脚を作り、腐れ木で肉を作ろう――それでも、おまえよりは兄らしく、おまえよりましだろう」

そして姉はかれに、みずからの愚行を悔いて泣いているのかとたずねたが、かれの答えは否であった。おまえとの別れは歓迎だと。すると姉は言った、自分も悲しみはせぬ。たとえそなたが遠くへやられても、沼地で非業の死をとげ、人々のあいだからいなくなったと聞かされても。なぜなら、もっと器用でもっと役に立つ弟をみつけるから、と。するとサーリは言った、「おまえのためにも、わたしは泣かぬ。たとえおまえが死んだと聞いても。わがために、土塊

それ楓《かえで》の身体。それと葦から、こんな姉を作ればよい。石の頭、クランベリーの目、睡蓮の耳に、で、おまえよりもましな姉となろう」

そこで、母がかれをなだめるように語りかけた。

おお、わが愛しき者、わが最愛の者よ
われ、そなたを産みし、麗《うるわ》しき者
われ、そなたを育みし、黄金の者
われが泣くであろう、そなたが滅びるならば
そなたが死んだと聞くならば
人々のあいだから失せたと聞くならば。
そなたは、母の情けを知らず
母の心も知らぬらしい。
そなたの父のため、嘆きつくして、
わが内にまだ、涙が残るならば
われは泣くであろう、この別れのために

われは泣くであろう、そなたが滅びるならば
わが涙は夏に流れ
冬にも熱く流れるだろう
あたりの雪を溶かすほどに。
地面は露出し、氷が解け
大地はふたたび緑となり
わが涙は緑野を流れるであろう。
おお、わが美しき者、わが愛し子よ
クレルヴォイネン、クレルヴォイネン
サーリホント、カンパの子よ。

しかし、サーリの心は怨みに暗く、かれはこう言った、「御身は泣きはすまい、だがもし泣くなら泣くがよい。泣け、家が水に浸るまで。泣け、道に水あふれ、牛小屋は沼地となるほどに。わたしはかまわぬ、もはや遠くに行っているから」。そして、カンパの子サーリを、ウールトはつれて外国《とつくに》に発ち、鍛冶屋アーセモの住むテレアの国に向かった。出立の際に、サーリ

はオアノーラ［ワノーナ］に一目逢《あ》うこともかなわず、それがかれを苦しめた。だがマウリは遥々《はるばる》とかれを追い、夜に聞こえる吠え声がサーリの心をいくらか元気づけた。サーリはまだ、短剣シッキをたずさえていた。

そして鍛冶屋は、サーリを役立たずで不器用なやつと考え、その代金として、使い古しの湯沸かしふたつに、古い熊手を五本、大鎌を六本しか支払わなかった。ウールトは不満ながらも、それを受け取って帰還するしかなかった。

さて今や、サーリは、奴隷[30]の身たる苦しみを飲むばかりでなく、さらに孤独という毒されたパンをも食した。そしていっそう気むずかしく、ひねくれて、無遠慮かつ偏屈、不愉快、抑えのきかない、猛々しい者となり、しばしばマウリとともに不毛の荒野へと出ていった。そして獰猛なる狼どもと知りあい、熊のウルとも知りあった。このような僚友《とも》ができても、かれの心や気質が和らぐことはなく、心の奥底で古き誓いとウールトへの怒りを忘れることはなかったが、遠くにいる家族のために、優しい感情などいだくことも、自分の心に許さなかった。ときおりワノーナを思う以外は。

さてアーセモは、北にある沼地[31]の国の女王コイの娘を妻としていた。かれはその国から、魔法とその他さまざまな暗きことどもを、プ[32]ホーサに、広き川辺、葦にかこまれた池のあるスッツィにまでもたらした。かの女は美しかったが、アーセモにのみ甘く接した。不実で厳しく、粗野な奴隷にはほとんど愛をあたえず、サーリもかの女に愛や優しさをほとんどあたえなかった。

さてアーセモはまだ、新しい奴隷になんの仕事もさせてはいなかった。人手はじゅうぶんたりていたからだ。それで幾月ものあいだ、サーリは荒野を彷徨《さまよ》っていたが、やがて妻に促されたアーセモが、かれを妻の下僕とし、妻のあらゆる言いつけに従うよう命じた。これにコイの娘は喜んだ。かれの力を利用すれば、家事の労働が楽になるだろうし、今まで自分が受けた侮りや不作法に対し、虐めや罰で報いてやれると思ったからだ。

だが予想できたことかもしれぬが、かれはやはり役立たずの奴隷とわかった。［アーセモの］妻の心に、サーリへの大きな嫌悪が育ったが、怨みを晴らせぬまま、妻はいつも耐えていた。そして、サーリが懐かしきプホーサから売られ、青き森[33]とワノーナから引き離されて以来、数多くの夏が過ぎたある日のこと。かれの不格好な姿を家の中で見ずにすむ方法をさがしたアーセモの妻は、深く考え抜いたすえに、牧人《まきびと》として遠くへ送りだし、あたり一帯の開けた土地で家畜の大群を飼わせればよいと思いついた。

そこでかの女は料理を始めた。悪意をもって、牛飼いがたずさえていく食べ物を準備した。

ひとり冷酷な仕事をして、ひとつのパン、大きなケーキを作った。そのケーキを、オート麦を下に、少しの小麦を上にして作ったが、間に大きな燧石《ひうちいし》を入れた——こう言いながら。「サーリの歯を折れ、おお燧石よ。カンパの子の舌を引き裂け、いつも無礼な口を利き、目上の者への敬意を知らぬ、あやつの舌を」。というのもかの女は、サーリがそれを丸ごと口に押しこむだろうと思ったのだ。仲間の狼どもとあまり変わらぬ、がつがつ貪るような食べ方だから、と。

それからかの女は、そのケーキにバターを塗り、焼けた皮の上にベーコンをのせた。そしてサーリをよび、牛の群れの番をしに行け、夜まで帰るなと命じ、そのケーキを弁当としてあたえた。そして、群れが森に追いこまれるまでは食べるなと申しつけた。それから、サーリを送りだし、その背後からこう言った、

あの者に、茂みの中で群れを飼わせよ、
乳牛を草地で飼わせよ、
開いた角の牛をポプラの林へ、
曲がった角の牛を樺の木の林へ、

こうしてかれらが肥るように、
その肉が美味《うま》く、上等になるように。
開けた草地に、
森の縁に、
彷徨《さまよ》わせよ、樺の木の茂る森に、
高く生い育つポプラの林に。
白銀《しろがね》の低き林で啼《な》き、
黄金《こがね》の樅の林を歩むように。

そしてかの女は、自分のものである大きな群れと、牧人が遠く出かけてゆくときに、なにか不吉な予感めいたものをおぼえたので、善き神、マナトミ[34]に住まう天空[35]の神イルに祈った。その祈りは歌の形をとっており、とても長く、その一部は次のようなものである、

わが牛を護り給え、おお、恵み深きイルよ、[36]
小道を歩むときに、危難より護り、

危険に遭《あ》わぬように、
悪運に陥《おちい》らぬように、護り給え。
もし、わが牧人が悪しき者なら、
柳を牛飼いにせよ、
榛《はん》の木に家畜の番をさせよ、
そして山の秦皮《とねりこ》に護らせよ、
桜の木に家路へと導かせよ、
夕べの乳搾りの時間には。
もし、柳が牛を飼わぬのなら、
山の秦皮が護らぬのなら、
榛の木が番をせぬのなら、
また桜の木が家路へと導かぬなら、
御身の、よりよき下僕らを送り給え、
[37]イルウィンティの娘らを送り給え、
わが牛を危険から護るため

角のあるわが家畜を保護するため。
なぜなら、御身の乙女らは数多く、
[38]マノイネで御身の命に服し、
白き雌牛を番するのに長《た》けているからだ、
イルウィンティの青き牧場《まきば》で。
[39]ウッコが乳搾りに出《い》で来たりて、
渇けるケーメに飲み物をあたえるまで。
御身ら、偉大なる古《いにしえ》の乙女らよ
力ある天の娘らよ
[40]マローロの子らよ来たれ、
イルッコの力強き命令に従いて
おお、「ウオーレン?」もっとも賢き者よ、
わが群れを悪より護り給うや、
柳がかれらを守護せぬところ
震える沼地じゅうどこでも

その面《おもて》がつねに移ろい
貪欲な深みが飲みこもうとするところでも。
おお、御身、もっとも愛らしきサンピアよ、
蜜のしたたる角をいとも楽しく吹き鳴らせ。
榛の木がかれらを番せぬところで
御身、わが家畜すべてを放牧し
丘に花々を開かせよ、
蜂蜜酒を満たした角で旋律を奏で、
このヒースの荒野の縁を美しくせよ、
縁どる森に魔法をかけよ、
わが牛が食物と飼い葉を得るように、
黄金の乾し草が潤沢であるように、
白銀の草の葉先が茂るように。
おお、[p41]パリッキの小さき乙女、
そしてその友なるテレンダよ、

七竈がかれらを番せぬところで
わが家畜に銀一色の井戸を掘れ、
かれらの牧場《まきば》の両側に、
魔法に満ちた、汝の気まぐれなる足にて、
灰色の泉を冷たく迸《ほとばし》らせよ、
すみやかに流れる小川を、
いと速く流れゆく川を生じさせよ、
草茂る地の輝く土手の間に、
蜜のごとく甘き飲み物をあたえるために、
群れが水をすすり、
その汁が豊かに滴《したた》って、
満々と膨らむ乳房を潤《うるお》すように、
また、その乳が小川となって流れ、
白き流れをなして泡立《あわだ》つように。
だが、カルトゥーセ、つましき女主人、

あらゆる悪を阻止する者よ、
野生の者らがかれらを守護せぬところで、
悪しき霊をかれらから遠ざけ給え、
怠惰な手がかれらの乳を搾《しぼ》らぬように
かれらの乳が地に流れて浪費されぬように
一滴たりともプールーに流れ下らぬように
タントがそれを飲まぬようにして、
カメ[42]での乳搾りの時間には
かれらの乳の流れが膨れ上がり
手桶が満ちあふれるように
よき妻の心が喜ぶようにし給え。
おお、テレンイェ[43]、サムヤンの乙女よ、
森の小さき娘よ、
やわらかく美しき衣服にて身を装い、
金色の髪はいと麗《うるわ》しく、

緋色の革の靴を履《は》きて、
桜の木がかれらを導かぬとき、
かれらの牛飼いに、羊飼いになり給え。
太陽が休息のために沈み、
夕べの鳥たちが歌いおり、
黄昏が忍び寄るときに、
角あるわが獣らに語りかけよ、
蹄ある家畜らによびかけよ、
家路を辿《たど》れ、家路に向かえと。
家の中は、楽しく快く、
床は休息に心地よいゆえ、
荒野を彷徨《さまよ》ってはならない、
空疎な岸に降りていってはならない、
スッツェの数多《あまた》なる湖の岸に。
それゆえ、来たれ、角ある獣らよ、

そうすれば女[44]たちの火が
野苺の蔓延《はびこ》る地の
甘き草の野に燃えるだろう。

［以下の行は、語調の変化を示すために、字下げになっている。カービーの版では、そのような区別はしていないが、そのルノの冒頭にある梗概に「日常の祈りと呪文」を収録している、と記している（カービー、第二巻、七八ページ）。マゴウンは、これらの詩行に「家畜を家に帰らせる呪文、二七三行～三一四行」という見出しをつけている（マゴウン、二三二ページ）。］

すると、パリッキの小さき乙女と
その友なるテレンダが
樺の木の鞭《むち》もて、かれらを打ち
杜松《ねず》の木の鞭もて、かれらを追う。
サムヤンの家畜の隠れ場から、
榛の木の暗き丘から、

夕べの乳搾《しぼ》りの時間に。

［やはり同じように以下の行も、語調の変化を示し、前の部分と分けるために字下げになっている。カービーの梗概では、「放牧地で熊から護る」ための呪文であると書かれている（七八ページ）。一方、マゴウンは、「熊に対する勧告の呪文、三一五行〜五四二行」という見出しをつけている（一三二ページ）。］

おお、汝、ウルよ、おお、わが愛しき者よ
わが蜜の足、森を統《す》べる者よ
ともに休戦を結ぼう、
夏の美しき日々に
善き創造主の夏に
イルの笑いの日々に
汝は草の上に眠るのだ。
耳を刈り株に押しこみ
あるいは藪に身を隠し

牛の鈴が聞こえぬように
牧人の話も聞こえぬようにして。
チリチリと鳴る音、モーという声、
リンリンと響く音が、ヒースの荒野に聞こえても
汝は狂乱せず
汝の歯は熱望にとらわれることがないように。
むしろ沼地や
森の茂みを彷徨《さまよ》うのだ。
汝のうなり声は荒れ地に消え、
汝の空腹は時季を待つように。
サムヤンに蜜があり
羽音をたてて行き交う蜜蜂らの下
ケーメの黄金の地の
丘の斜面に、みな発酵するときには。
この盟約を、永久《とこしえ》に定めよう、

われらの間に、永遠《とわ》の和平を結ぼう、
夏には、われらが平和に暮らせるように、
　善き創造主の夏には。

「他の分割と同じく、ここからも字下げによって、語調の変化が示されている。この部分は、女主人の祈りの結論もしくは結びとなる。カービーもマゴウンも、これらの行にそうした区別は設けていない。」

この祈りすべて、この詠唱すべて
おお、ウッコ、銀《しろがね》の君主よ
聞きとどけ給え、わが甘き嘆願の歌を。
46 クールの犬らを革紐でつなぎ
森に棲む野獣らを鎖で縛め
イルウェに日と星を据《す》え
すべての日々を黄金となし給え。

さて、アーセモの妻は、祈りの詠唱の偉大な歌い手であった——そして、きわめて貪欲な女でもあり、おのれの持ち物について過度に用心深かった。美しく毛艶のよい牛たちのために、イルッコとその乙女らに捧げた祈りの長さから、それがわかるはずだ。

だが今や、サーリはいくらか先へ進んでおり、食べ物を道具袋に入れて、牛たちを水に浸った草地へ、沼地へ、そしてヒースの野を越えて、森林の縁の豊かな地へと追っていった。そして進みつづけながら、悲嘆し、独り呟《つぶや》きつづけて言った、「災いなるかな、わが身。惨めな若者、悪しく厳しき、黒き運命《さだめ》よ。わが道がいずこへ向かおうとも、わたしを待つのは、ただ無為と、沼地や侘びしき平地を踏み行く、雄牛の尾を見つめつづけることのみだ」。それから、日に照らされた斜面に来ると、座して休み、昼食をとりだしたが、その重さに驚嘆して言った、「アーセモの妻、おまえにはあまりないことだ、かくも重たき食物をあたえてよこすとは」

それからかれは、みずからの生活と、意地の悪い女主人の贅沢に思いをめぐらせた。バターを塗った分厚い小麦のパン、見事に焼き上げたケーキ、渇きを癒す水以外の飲み物を、どれほど求めてきたことか。あいつは干からびたパンの皮しか囓《かじ》らせてくれぬし、せいぜいオート麦のケーキくらいで、籾殻や藁や、樅の樹皮が混ざっていることも珍しくない。あとは、あいつの駄犬がよいところを食いつくしたキャベツだ。それからかれは、野で自由に過ごした昔を、ワノーネ［原文ママ］と家族のことに想いを馳せた。そのまま眠りに落ち、夕べを告げる鳥がかれを目覚めさせるまで眠っていた。そして［かれは］家畜らを休ませて、小山の上に座り、背負っていた袋を手に取った。

かれはそれを開き、ひっくり返してみて、こう言った、「多くのケーキは、外側は立派でも、内側は醜い。これもそうだ。小麦が上に、オート麦が裏にある」。そして、気が重く、食べ物にさほど気が進まないままに、大いなる短剣をとりだしてケーキを切ろうとした。それは薄い皮を貫き、強い力で燧石につきあたり、縁がまくれて、切っ先がポキリと折れた。かくして、カンパの形見、シッキは潰《つい》えた。サーリは、まず白熱した怒りにかられたが、ついで涙に暮れた。その形見を、金銀にもまして大事にしていたからだ。かれは言った、

おお、わがシッキ、おお、わが僚友《とも》よ
おお、汝、カレルヴォの鉄
英雄が腰に帯び、揮《ふる》ったものよ
なにも、わたしは愛し、いとおしむものを持たなかった
わが短剣、絵を刻む者のほかにには。

それが、石に当たって毀《こぼ》れてしまった
あの悪しき女の企みによって。
おお、わがシッキ、おお、わがシッキ
おお、汝、カレルヴォの鉄よ。

そして、邪悪な考えがかれにささやきかけ、野生の獰猛《どうもう》さがかれの心を満たした。かれは指を使って、アーセモの美しき妻に対する怒りと復讐の意匠を編み上げた。叢林から、樺の木と杜松の木の撓《しな》る小枝を取り、牛や家畜をすべて沼地や湿地帯に追いやった。それから狼たちと熊たちに命じて、それを半分ずつ餌食とさせた。自分には、群れのいちばん老いた雌牛、ウルラの脚の骨を一本のみ残させた。その骨から大いなる笛を作り、鋭く奇妙な調べを吹き鳴らした。これはサーリ自身の魔法で、どこから学んだのか知る者はない。こうしてかれは歌をもて、狼を家畜に、熊を雄牛に変えた。日は紅《あか》く西に傾いて、松の林へと落ちかかり、乳搾《しぼ》りの時間がせまるなか、かれは熊と狼を前に立たせて家路をたどらせた。地に伏して泣いたり、獣に魔法をかけたりしたために、疲れてほこりにまみれていた。

さて、農場の庭に近づいたとき、かれは獣らに命じた。鍛冶屋の妻が見まわりに来て、乳搾りのために屈みこんだら、捕らえて、歯で噛み砕けと。
それから小道をたどっていった。雌牛の骨の笛で、とぎれとぎれの奇妙な音楽を奏でながら。三度、丘の斜面で、六度、庭の塀のところで吹き鳴らした。アーセモの妻は、[47]牛飼いがどこから笛にする牛の骨を手に入れたのか、不思議に思ったが、その件にそこまで拘《こだわ》ることはなかった。雌牛らの乳を搾《しぼ》ろうと、長いこと待ちわびていたからだ。そして妻は、群れの帰還をイルに感謝した。出ていって、サーリに、耳をつんざく騒音を止めよと命じてから、アーセモの母親にこう言った、

母よ、雌牛らの乳を搾らねばなりませぬ。
家畜を世話しに、行ってはくれませぬか、
わたくしはどうやら、パン生地をこねる仕事を、
思うようには終えられませぬゆえ。

しかし、サーリはその言葉を無視し、倹約好きな主婦がだれか他の者に、しかも老婦人などに牛の乳を搾らせたりはしないだろうと考えた。そのとおり、アーセモの妻はそそくさと納屋

に向かい、自分で雌牛の乳を搾《しぼ》る準備をして、群れを見渡してこう言った、「群れは目に麗《うるわ》しく、角のある雄牛は毛艶よく、雌牛の乳房はよく満ちていることよ」

それから乳を搾るためにかがみこむと、見よ、一頭の狼が飛びかかり、一頭の熊が残忍な抱擁でかの女を捕らえた。獣らは獰猛《どうもう》に女を引き裂き、骨を噛み砕き、かくして、この女の戯れと嘲りと悪意とは報いを受けた。冷酷な妻は泣きだしたが、サーリは大喜びもせず、憐れみもせず、そばに立っていた。女は泣き声を上げて言った、「悪しきことをする、世にも邪悪な牛飼いよ。熊や力ある狼らを、この平和な庭に入れるとは」。そこでサーリは、相手が自分に向けた悪意と邪心を、大事な形見の品を毀《こわ》させたことを非難した。

すると、アーセモの妻は猫なで声で言った、「さあさあ、牧童よ、愛しい牧童よ、さあ、わが家の林檎のごとき者よ、どうか冷酷な決意を思いなおして、どうかこの魔法を解いて、狼の顎と熊の足をとりのけておくれ。さすれば、もっとよき衣服をあたえよう、立派な装飾品《かざり》も。小麦のパンとバター、飲み物には世にも甘きミルクをあたえよう。一年間はまったく働かなくてよい、二年目もほんの少し働くだけでよいのだから」

すると、サーリは言った、「もしも死ぬなら、死ぬがよい。アムントゥ[48]には、おまえのための余地がじゅうぶんにある」

すると、死に瀕したアーセモの妻は、かれの名と［ほかならぬ？］父の名を使って呪い、至高神ウッコに向かって聞きとどけてくれるよう、叫んで言った、

災いなるかな、サーリ、カンパの息子よ
心の曲がった、呪われし子、[49]ニエリッドよ
汝の運命は不吉、汝の将来は暗い
汝の人生の道行きにおいて。
汝は奴隷の道を歩んできた
異郷に送られ、道なき荒野を。
だが、汝の末路はさらに悲惨で
永遠に語り草となるであろう。
アムントゥの苦しみよりも悪い
災い［と］恐怖の運命《さだめ》の物語となろう。
[50]人々はロケより来たる、
遥か北にある、暗き国より。

そしてサメより来たる、
夏の南方にある地より。
そしてケーメより、われらのもとに来たる、
大海の泉からさらに西方より。
[51]しかし、かれらは震えるだろう、
汝《な》が恐ろしき運命《さだめ》と最期とを聞くとき。
災いなるかな、汝 ［判読不能］

［この詩は、終わりの句読点もなく、さらに続けるつもりであるという兆候もないままに、ここでとぎれている。］

だがサーリはその場を離れ、そのままかの女は死んだ——コイの娘、すなわち鍛冶屋アーセモが昔、[52]遠きロヒウで、七年がかりで求婚した美しい女は。その叫びは、鍛冶場にいた夫のもとに達したので、夫は仕事場から引き返し、耳を澄ますために小道に出た。懸念に心臓は早鐘を打ち、庭を見まわしたが、その耳にはただ、甲高い奇妙な笛の音が遠く、星々の見下ろす沼

地の方に離れていくのがとどいたのみであった。しかし、その目にはたちまち、地上の禍々しき光景が飛びこんできて、その心は星なき夜にもまさる深き闇に閉ざされた。だがサーリは骨笛を吹きつつ、荒野の遙か遠くへと離れ去っており、だれも後を追えはしなかった。マウリの魔法がかれを護っていたからだ。そして、力を増しつづける、かれ自身の魔法もともにあった。

そしてかれは、鬱蒼たる森を彷徨《さまよ》い、その晩と一日、目的もなく進みつづけた。そして次の晩、世にも鬱蒼たるプーフの林地に来ていた。あたりは息苦しいほどに暗く、かれは大地に身を投げだして、苦々しく思いに沈んだ。

なにゆえわたしは創られたのか?
だれがわたしを創り、運命を定めたのか
このように、日の下、月の下
開けた空の下を、永久《とわ》に流離《さすら》う運命を?
ほかの者らは、家路へ旅することができる
夕べに灯りの煌《きら》めく家へと。

しかし、わが家は森の中。
風の広間で、微睡《まどろ》まねばならぬ
肌刺す雨を浴びねばならぬ
わが炉辺はヒースにかこまれ
風吹き抜ける広きホールにあり
雨に降られ、荒天に晒《さら》される。
[53]いとも尊きユマラは決して
この長き年月の間
かくも歪んだ運命の子を創ったことはない
永遠《とこしえ》に友なきさだめにて
天の下を父なきまま歩み
いかなる母にも育まれない
それはユマラ、御身がわたしを
嘆きつつ彷徨《さまよ》う海鳥のごとく、
霧深き岩場や海岸に棲《す》み

暴風雨に晒される、鴎《かもめ》のごとく創ったからだ。
一方、燕《つばめ》には陽光が降り注ぎ、
雀《すずめ》はおのが明るさをそなえ
空中を舞う鳥たちは、喜ばしげだが
だからといって、決して幸せではない。
わたしは、サーリは幸せではない。
おお、イル、人生に喜びはない。
｛[54]わたしは幼くして、~~母~~父を亡くした
わたしは若くして（か弱きときに）、母を亡くした。
わが強き一族は滅びた
わが強き一族は｝

するとかれの心に、イルは、ひとつの考えを送った。かれは頭を地から起こして言った、「ウールトを殺そう」。父のこうむった悪と、みずから立てた誓いを思いだし、これまでの人生すべてを思う涙があふれてきて、こう言った、「わたしは喜んでウールトを殺そう」。その心は

まだ、オアノーラのみを除けば、おのれの一族に対しても苦々しいままであったが、かれは、ウンタモの住まいから赤き光が迸《ほとばし》り、ウンタモがみずからの館の暗き広間で血に染む床に倒れて死んでいるさまを、熱情をこめて思い描いた。しかしクレルヴォは、どちらに進めばよいのかわからなかった。四方八方を森にとりかこまれていたからだ。それでも、かれは進みつづけた、こう言いながら。「待っておれ、待っておれ、ウンタモイネン、わが一族を滅ぼした者よ。貴様をみつけしだい、たちまち貴様の住処は火を噴いて瓦解し、農地は空しく見捨てられるのだ」

かれが、思いめぐらせつつ進んでいると、ひとりの老婦人、すなわち「青き衣の森の貴婦人」[55]が、かれに出会って、こう訊いた、「いずこへ行かれるか、おお、カレルヴォの息子、クレルヴォよ、そんなに急いで？」

そこでクレルヴォは、森を出てウンタモの故郷へたどり着き、父の死と母の涙に炎をもて復讐したいという、おのれの願いを吐露した。

するとかの女は言った、「森を抜けたくば、進むべき道はたやすいぞ、そなたの知らぬ道かもしれぬがな。川の小道をたどってゆくのじゃ。二日進んで、三日目に北西に向きを変えるとき、木々生い茂る山を見いだすであろう。その山に向かって進んではならぬ、悪にみつからぬようにな。影の下を進んで、何度も左に曲がり、やがて別の川に出会う。今度はその川の土手をたどってゆけば、すぐに美しい場所、大きな空き地に行きあたる。そこから大きくひと跳びしたところに、三連の滝が泡立ち流れている。それで半分来たことがわかる。それでも、引き続き川をさかのぼり、水源まで行かねばならぬ。大地は上り坂になり、森はいっそう暗く広がり、その後、わびしき荒れ地を一日つまずき歩けば、ウンタモの青き森が彼方に見えてくるであろう。さあ、伝えたことは、まだ忘れてしまってはおらぬじゃろうな」

そして「森の女」は木々の幹の間にするりと姿を消した。クレルヴォは川をたどっていった――さほど大きくない川が近くにあった――二日進んで三日目に、北西に向きを変え、木々生い茂る山を見いだした。太陽はその上に降り注ぎ、木々は花咲き、蜂たちはそこで唸り、鳥たちは歌っているようだった。クレルヴォは森の青い影に倦《う》み疲れて、こう考えた――わが探求の旅は急ぎではない、いずれにせよウンタモはわが手から逃れられはしないのだから。陽光を味わいにゆくとしよう。そしてかれは、森の小道をはずれて、日の射すところへ出ていった。坂を上り、やがて広い空き地に出て、野薔薇の茂みの間で光を浴びつつ倒木に腰を下ろしていると、かれは黄色い髪を長く垂らした乙女を見た。そして[56]ロウヒの娘の呪いがかれを捕らえ、かれの目は見ているのに見ていなかった。かれはウンタモを殺すことを忘れ、おのれを気にもとめていない乙女に向かって、大股に歩み寄った。乙女は花で花輪を編みつつ、疲れたように、半ば悲しげに、ひとり歌っていた。

「おお、美しき人よ、大地の誇りよ」とクレルヴォは言った、「ともに来よ、ともに森を彷徨《さまよ》おう、そなたがタピオ[57]の娘で、人ではないというのでなければ。だが、たとえそうでも、わたしは望む、そなたをわが僚友《とも》として」

乙女は怖《お》じおそれて、かれから身を引いた。「死があなたとともに歩んでいる、さすらい人よ。災いがあなたのかたわらにある」

クレルヴォは激怒した。だが、乙女はとても美しかったので、かれは言った、「そなたが森でひとりでいるのはよくない、わたしの気がすまぬ。食物をそなたに運んでこよう。外で寝て、そなたに仕えよう。黄金や衣装や高価なものをたくさんあたえよう」

「わたくしは悪しき森で道に迷ったけれど、タピオがわたくしを堅く捕らえているけれど」とかの女は言った、「それでも決して、あなたのような者と彷徨いたいとは思いませぬ、悪漢よ。その姿は、とても乙女らにはつりあわない。だが、もしあなたが正直者なら、タピオが覆い隠している、わが親族のもとへ、家へと帰る道を見いだすのを手助けしてくれるでしょう」

しかしクレルヴォは、かの女が自分の不格好さを貶《おとし》めたことに激怒し、親切心を捨て去って叫んだ、「レンポがそなたの親族を捕らえるがよい。わたしが行き会うことがあれば、たちまち剣にかけて殺めてやろう。だがそなたを、わがものとするぞ。そなたは二度と、そなたの父の家に住むことはない」

これに乙女は恐怖し、森の獣のごとく大急ぎで茂みを抜けて逃げだした。かれは怒り狂って後を追った。しまいには、かの女に手をかけて捕らえ、抱きかかえて掠《さら》った、深い森の奥へと。

乙女は美しく、かれは乙女を愛していたが、イルマリネン[58]〔原文ママ〕の妻の呪いがふたりの上にあった。それゆえ、かの女は長くは抵抗せず、ふたりは野外でともに住んだ。ある日、ユマラがその朝をもたらすまでは。乙女はかれの腕の中に休らいつつ、かれに向かって口を開き、たずねて言った、

あなたの眷属《けんぞく》すべてについて、お語りください

あなたの出自なる、勇敢なる一族について――

ええ、強大なる一族の出に違いない、

あなたは。そして強大なる父ぎみをお持ちのはず。

そして、クレルヴォの返答はこうであった、
［以下の行は、話し手が変わることを示すように、字下げになっている。］

いや、わが一族は偉大ではない
偉大でもなく、卑小でもない、
わたしはただ、半ばほどの身分の出だ。
カレルヴォの不幸なる子だ
粗野な少年、つねに愚かで
つまらぬ子ども、なんの役にも立たぬ。
いや、だが、そなたの親族について教えてくれ、
そなたの出自なる、勇敢なる一族について。
おそらく強大なる一族の生まれであろう、
強大なる父の、いとも麗《うるわ》しき子であろう。

すると少女はすぐに答えた（クレルヴォから顔を隠して）、

いえ、わが一族は偉大ではありませぬ
偉大でもなく、卑小でもない
ただ、半ばほどの身分の出です。
彷徨《さまよ》える乙女、つねに愚かで
つまらぬ子ども、なんの役にも立ちませぬ。

それからかの女は立ち上がり、手を差し伸べ、髪をふり乱しながら、苦悩の眼差しでクレルヴォをみつめ、こう叫んだ、

森へ、わたくしは野苺を探しに行った、
そして優しき母を離れた。
平地とヒースの野を越えて、山々へ
二日彷徨い、三日目も
家への道を見いだせなかった。
小道は、さらに深き方へと導き

さらに深く、深く、暗闇へと
さらに深く、深く、悲しみへと
苦悩へ、恐怖へと。
ああ、汝、陽光よ、ああ、汝、月光よ、
ああ、汝、自由な微風《そよかぜ》よ、
もう二度と、二度と、汝らを見ることはない
もう二度と、汝らを、額に感じることはない。
なぜならわたくしは、闇と恐怖のうちに
トゥオニへ、かの川へと下ってゆくから。

そして、かれが飛び上がって捕まえるよりも早く、乙女は素速く駆けだしてその空き地を横切った（というのもふたりは、かの「青き衣の森の女」の語った、林間の空き地に近い、野外の住まいに宿っていたからである）、それはあたかも、露に濡れた青草にかろうじて触れるかと思われる、暁《あかつき》の震える光の箭《や》のごとくであった。そして乙女は、三連の滝まで来て、その身を投げ、銀の柱を下って醜い深みへと消えた。クレルヴォが追いつくのと、まさに同時のこと

であった。乙女の最期の叫びを聞き、かれは縁から下をのぞきこんだまま、岩の塊と化したかのごとく立ちつくした。やがて日が昇り、それにつれて草は緑濃くなり、鳥たちは歌い、花々は開いて、真昼を過ぎ、あらゆるものが満ちたりてみえた。そしてクレルヴォはそれを呪った。かの女を愛していたからだ。

やがて光は薄れゆき、かれの心は不吉な予感にさいなまれた。乙女の末期《まつご》の言葉と呟《つぶや》きと、その惨《むご》い最期のせいで、魔法で盲目となっていた心に、かつて知っていたことがよみがえってきたのだ。悲嘆と悲哀と深い恐怖で、身も張り裂けそうに感じた。それから、赤き怒りがこみ上げてきて、かれは呪いの言葉を吐《は》き、剣をつかんで、転ぶのも傷つくのもかまわずに、闇の中へと手探りでつき進んだ。あの「貴婦人」が指示したように、川をさかのぼり、息せき切って斜面を上った。ついには夜が明けたが、あまりに急いだので

［物語はここでとぎれている。そのページの残りの部分に続いているのは、物語の結末についてのあらすじのメモだ。急いで走り書きしたものらしく、急いだせいと思われる文法的な乱れを伴っている。その全文をここに掲載する。］

かれはウントラへ行き、闇雲にすべてを破壊する。熊たちと狼たちの軍勢をよび集めたが、それはその晩に姿を消し、後を追うムスティを村の外で殺す。すべてが破壊されつくすと、かれはウンタモの寝台の上に身を投げだして血を浴びる。自身燃やされていない唯一の家。

母の幽霊が現れて、かれ自身の兄姉が、かれの殺した者の中にいると告げる。

かれ［は］恐怖に打たれるが、悲しみはしない。

かの女はそれから、自分も［殺されたの］だと伝える。かれは恐怖に汗をかきはじめ、自分は夢を見ているのだと思う。そうではないとわかると倒れ伏す。

そしてかの女は続ける。

~~（わたしには娘があった、世にも美しい乙女は野苺を探しに行った）~~

美しいとり乱した娘が、目を伏せてトゥオニの川の岸辺を彷徨《さまよ》っているのに出会った次第を、母は語る。その出会いは、娘が自分は自殺したのだと明かして終わった、と母は語る。

K［クレルヴォ］は苦悶のあまり刀の鞘を噛み、母が姿を消すと、激しく駆けだす。かの女を悼み嘆きながら外に出て、ホールに火を放つ。殺された死体だらけの村を通って森へ入っていく［**欄外にメモがある、**「ムスティの屍《しかばね》につまずいて転ぶ」］、[59]「キヴタール」と泣き叫びながら。（妹としての）かの女には、イルマリネンに売られて以来、会っていなかったからだ。かれは、今やがらんとして見捨てられた林間の空き地を見いだし、同じ滝に身を投げようとするが、自分がキヴタールと同じ淵で溺れるのはふさわしくないと思いなおし、剣をとりだして、自分を殺してくれるかと訊く。

剣は言う。ウンタモの死に喜びを感じたとすれば、さらに邪悪なクレルヴォの死にどれほどの喜びを感じるであろうかと。そして剣は、多くの罪なき人を、かれの母さえも殺めてきたのだから、Kに対しても躊躇などしないという。

かれは自殺し、求めていた死を見いだす。

MS Folio 6

名前リスト

［スペースのあけ方は、手書きの草稿のとおりに再現してある。］

［表面］

~~トゥ・ヴァ（W・ニエ・リ）　　　　　　　　　　　　ウルト~~

カンパ（ニエーリ）　　　　　　　ウールト　~~ケイム~~

またはケーマ　　　　　　　　　　（プホーサはかれの国）

サーアキ　　　　　　　　　ワノーナ

またはホントー

黒い犬
鍛冶屋
cf
ルムヤ
テレア
ケメヌーメ
イル　イルコ
しばしばウッコと混同される
アムントゥ
タント
レンポ

マウリ
アーセモ
アーセ
沼地の国
ケーメの生誕の地
または 大いなる地
空の神
（善き神）
∴ラン
地獄
地獄の神
プーフ
疫病&死

クエーレともよばれる、または［猟師？］として　クルワンヨ
死の黒き大河　クール
イルウェ　イルウィンティ　空　天　（マナトミ）
ワンウェ　武装した女神
スッツェ　沼地
サムヤン　森の神
コイ　［判読不能］ローケの女王

［裏面］

イルウィンティの7人の娘
　エルテレン　メールネ
そしてサルティメ
テッキタイ

マローロ　大地の神　　　　　　　　創造者
カルトゥーセ
または

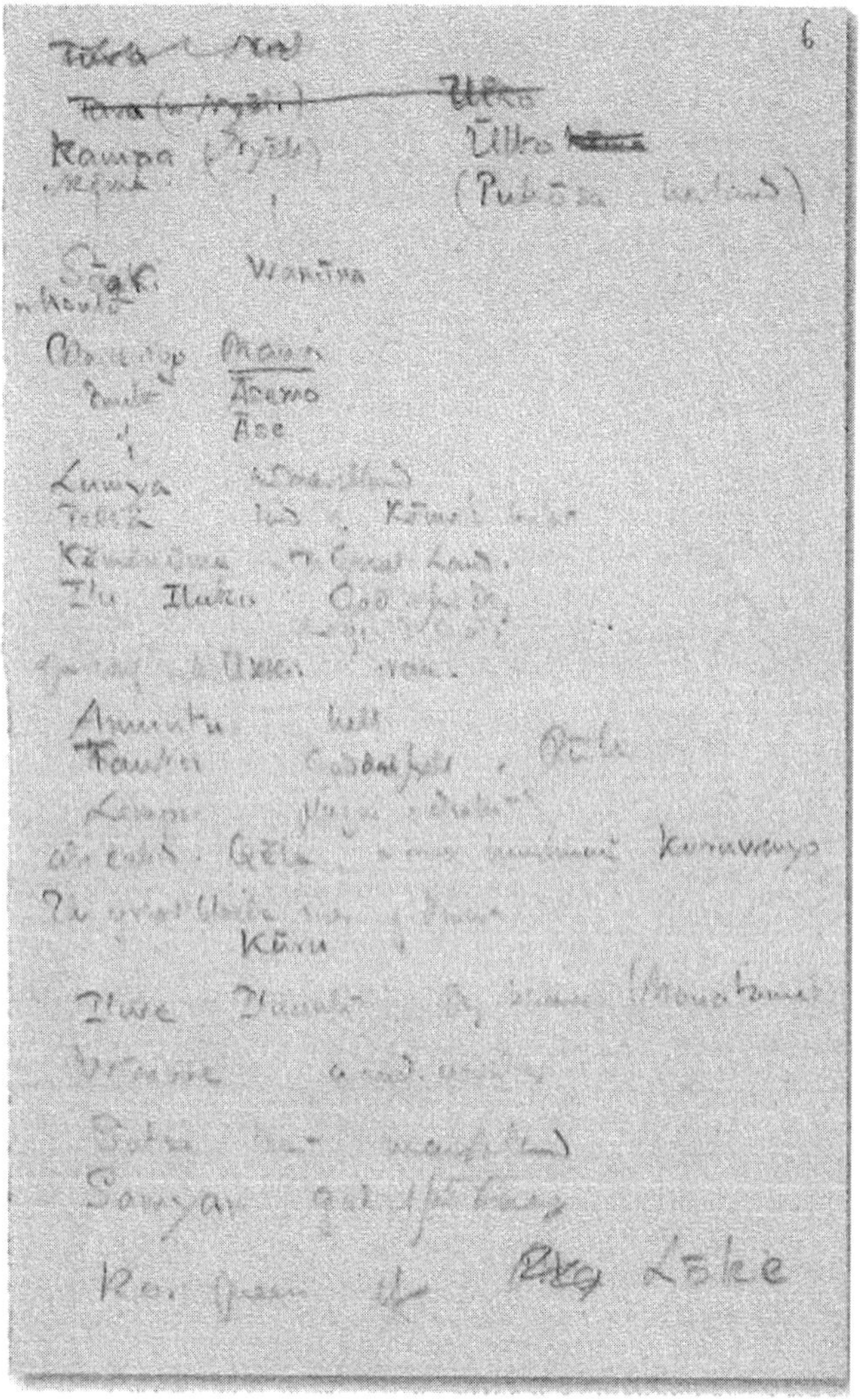

図３　キャラクターの名前、走り書きのリスト
[MS Tolkien B 64/6 folio 6 表面]

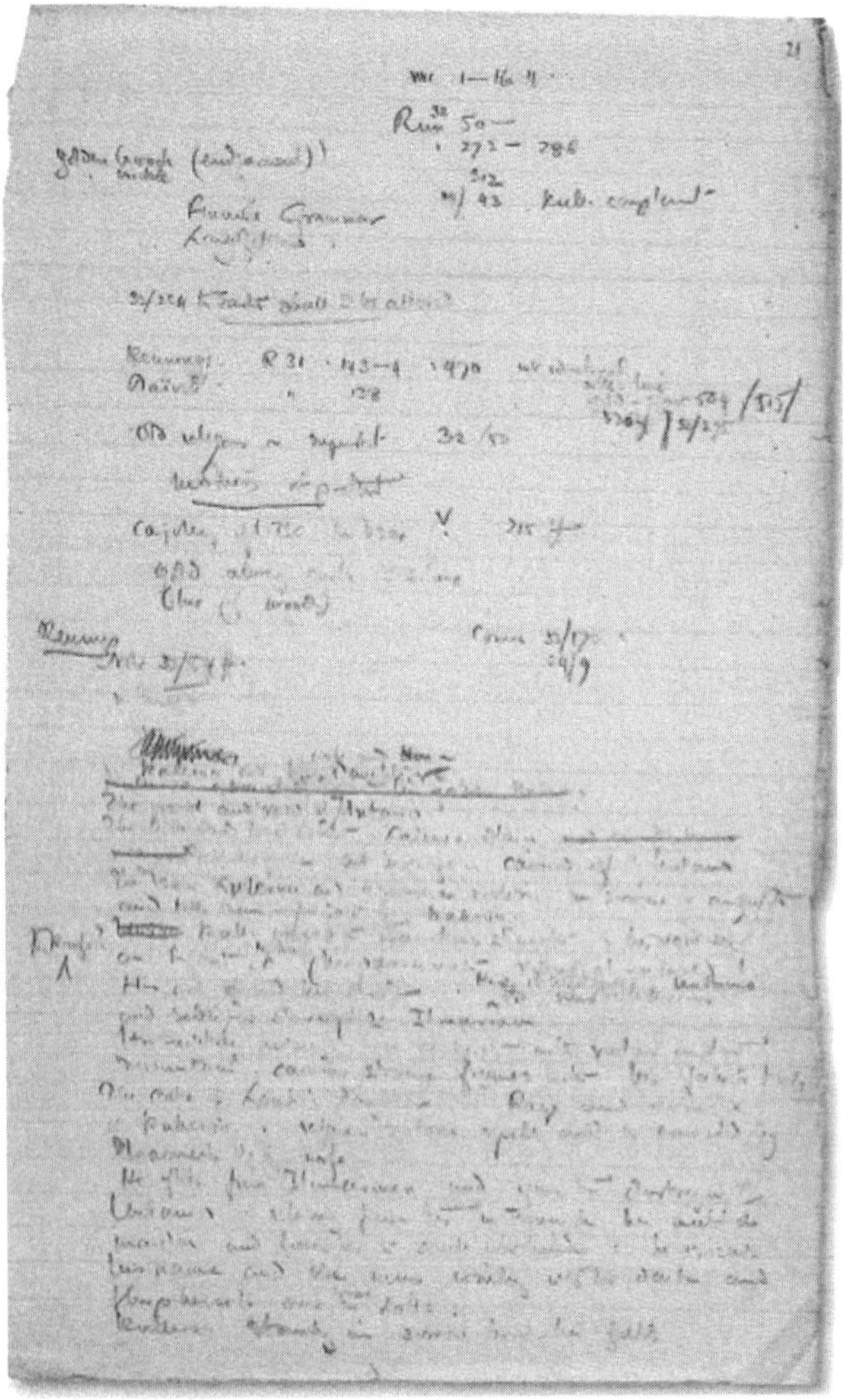

図４　他と連続していない、メモとあらすじの素案
［MS Tolkien B 64/6 folio 21 表面］

あらすじの素案

21番とナンバリングされた、一枚単独のフォリオには、他と連続していない走り書きのメモと、表裏両面に、連続した物語の代案となる、あらすじの素案が書かれている。イルマリネンやロウヒという名前が使われているので、あきらかに、これはメインの草稿より先に書かれたものであることがわかる。

［表面］

カレルヴォと妻と息子と娘

~~カレルヴォという男の子と父親のカレルヴォ~~

諍いとウンタモの襲撃。家屋敷が荒廃させられる――カレルヴォは殺され　~~そして苦悶する~~

~~クレルヴォは~~ &一族全員とかれの妻はウンタモにつれ去られる。かの女は悲しみと苦悶のうちにクレルヴォと妹を産み、「カレルヴォの物語」を話して聞かせる。
~~ウンタモ~~ クル 「クレルヴォ」は驚くべき強さに成長する。幼児であるかれの誓い――短剣――（情熱的で怒りっぽい性格） ウンタモによる虐待
唯一の友である妹。　Kの不適切なふるまいと、奴隷としてイルマリネンに売られること。完全なる不幸。ここでかれは山の狼たちと話す。父の短剣で、奇妙な像を彫刻。ロウヒの娘のケーキ。クレルヴォの怒りと復讐。魔法を緩めることを拒否し、死につつあるイルマリネンの妻に呪われる。かれはイルマリネンのもとから逃れ、ウンタモを滅ぼしに行く。勝利から帰還するとき、ひとりの乙女に出会い、むりやり一緒に住ませる。かれが自分の名を明かすと、乙女は泣きながら闇の中へ駆けだしていき、荒涼たる滝に身を投げる。クレルヴォは悲しみつつ滝のそばに立ちつくす。

［**裏面**］

［ルノ］第三六・一四〇行〜二七〇行　　犬のムスティ
怒りっぽい意地の悪いカレルヴォ　　優しい母

あさましい姉と兄

偶然に「森の貴婦人」ポピエに出会う。かの女は、母親が兄と姉たちとともに、どこに住んでいるか教える（描写する）。

そしてかれは悲しみから抜けだして、［馬に］乗って家に帰る。

母との出会い。かれは語り、かの女は語る、かれらの苦難［?］かの女が奴隷となってからの生活

かれは、母が泣いているのを見いだす。かの女は深く愛する下の娘を三年も、森の中で探している　母は娘について描写する。

クレルヴォは、妹になにが起こったのか理解する

そして絶望的に、あの滝へと［馬で］駆けもどり、そこで自殺する。

または、イルマリネンから逃れる途中に森で乙女に会うのかもしれない。悲[*1]しみを癒すために、行ってウンタモを滅ぼし、母をとらわれの身から救うが、それが妹であると知り、ウンタモの血で赤く染まったまま［馬で］もどり、滝で自殺する。

ウント　クリの出会った　クリの遭った［?］R［ルノ］第三六・四〇行の言葉を入れる。子どもらしく、もっとウンタモに従順であるようにと母が懇願したときの。

（母と兄［弟］は、かれが去って行くことを喜ぶ。姉［妹］だけが悲しむ）

または、イルマからの逃走の後に、自分の親族を見いだし――それからウンタモの集いを、昔からの友である狼たちと熊たちからなる魔法の軍勢によって滅ぼす。ウンタモはかれに呪い魔法をかけ、かれは盲目的に森を彷徨《さまよ》う。ある村に来て略奪をおこない、年老いた首長と妻を殺し、娘を力ずくで妻とする。

*1　余白に「妹の死によってわき起こった疑念をやわらげる」と書かれている。

かれの血統をたずねる者、かれは明かす
かの女はかれの出自を明かし、かれがいかにして
父と母を殺したか、妹を破滅させたかを明かす

ホントの嘆き　［ルノ］第三四・二四〇行

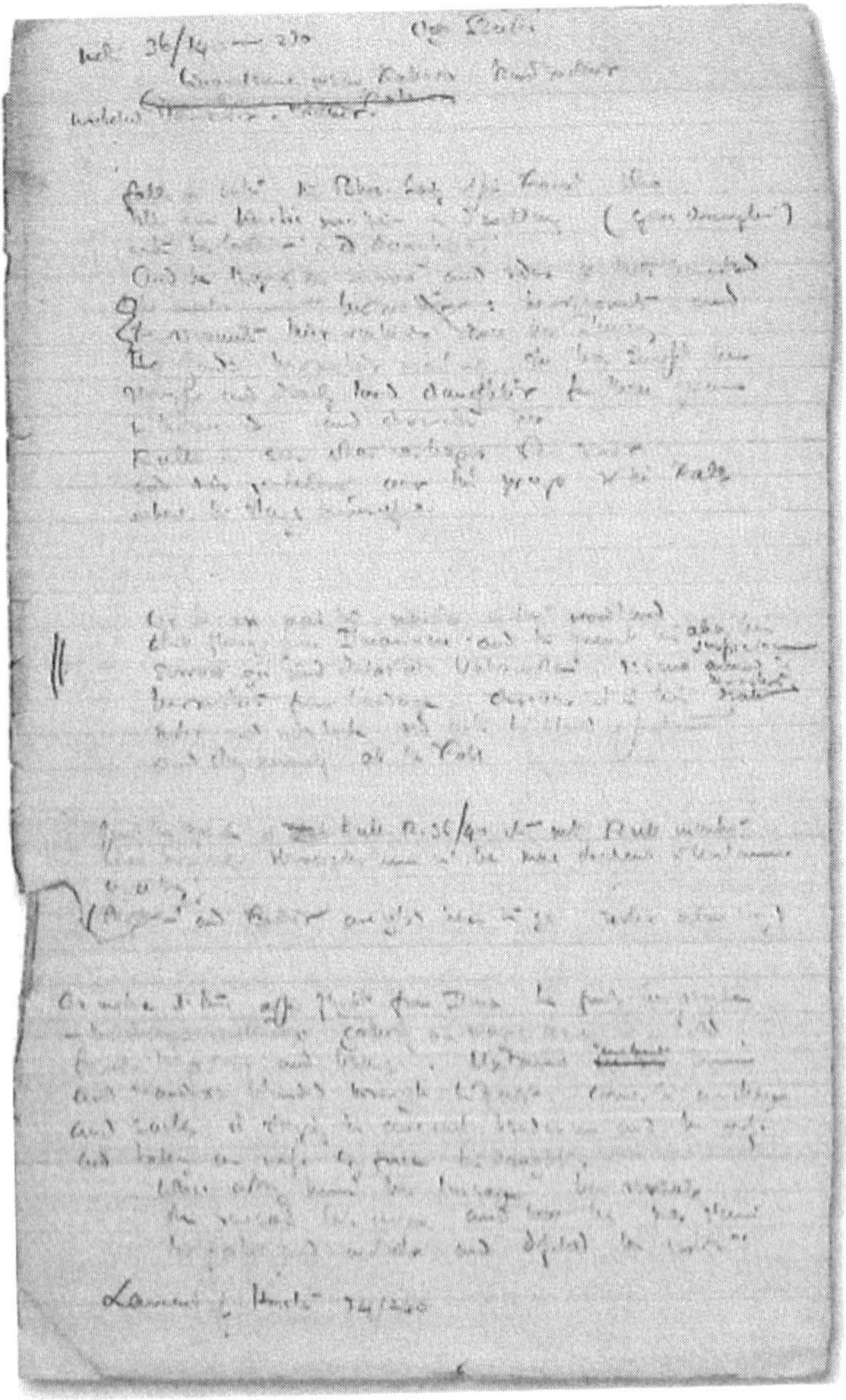

図5　あらすじの素案の続き
[MS Tolkien B 64/6 folio 21 裏面]

◆注釈と解説

1　**ホント・タルテウェンレンの物語**

フォリオの一枚目の左上の隅に書かれている、別タイトル、もしくはサブタイトル。ホント（Honto）は、トールキンが付けたクレルヴォの別名のひとつ（後出、「クレルヴォ」の項も参照のこと）。タルテ（Talte）は、トールキンの付けたカレルヴォの別名（後出、「カレルヴォ」の項も参照のこと）。ウェンレン（wenlen）は、次注のポイカ（poika）と同じく父称をつくるものとしてフィンランド語をもとにしてトールキンが作った言葉らしい。したがって、タルテウェンレン（Taltewenlen）は「タルテ（カレルヴォ）の息子」の意味となる。

2　**（カレルヴォンポイカ）**（Kalervonpoika）

フィンランド語の父称で、父の名の属格（-n）に息子を意味するポイカ（poika）をつけ、「カレルヴォの息子」の意味となる。

3　**魔法がまだ新しかった**

この部分は手書き原稿では抹消されているが、本書では括弧書きで残した。というのも、魔法（magicもしくはsorcery）が、この物語全体で使われているからだ。「恐るべき魔法使いにして力ある者」と描写されるウンタモ、自身も魔力を持つ犬のムスティ、動物の姿を変えることのできるクレルヴォ——いずれもが魔法を使っている。『カレワラ』には、魔法への言及が数多く見られる。これは、原始的なシャーマニズムや、歌うことによって行われるシャーマニズム的行為の名残であろう。『カレワラ』の三大英雄のひとり、ワイナミョイネンは、シャーマンであると解釈されている。かれは「永遠の歌い手」という異名を持ち、歌の競争でライバルの魔法使いを打ち負かし、歌の力で相手を沼地に落とす。トールキンの物語では、ウンタモもクレルヴォも、手の指を使って魔法を「編む」とされている。クレルヴォは音楽も使う。歌ったり、牛の骨でできた魔法の笛を吹いたりすることで、魔法をおこなっている。

4　スッツェ

テキストでもともと使われていた「スオミ（Suomi）」（フィンランド語でフィンランドを指す名称）と入れ替えるために、トールキンが作った語。このほかにも、代替の名が、この冒頭の段落の左側の余白に書かれている。「テレア（Telea）」は、元のカレリア（Karelja）に代わる言葉。「大いなる地／ケメヌーメ（the Great Land/Kemenūme）」は、元はロシアとなっていた。「タルテ（Talte）」は（前述の通り）元はカレルヴォだった。テキスト本文中にある語と欄外の語に＊印があって、修正が対照されている。「タルテ」は例外だが、代替の名の方が普通に使われるようになり、残りのテキスト全体で、あるていど持続的に使われている。こうした変更は、トールキンが単に『カレワラ』の用語をなぞるところから、自分自身の創り出した名前を使う方へと進んでいっていたことを、きわめて明確に示す証拠となる。[*1]

*1　関連事項として触れておく価値があるのは、非常に初期のクエンヤ語に関するメモに、ケメヌーメが、ロシアにあたる名称として記

載されているということだ。後出の「天空の神イル」の項も参照のこと。

5　テレア

元のカレリアと入れ替えられている。カレリアはロシア・フィンランドの国境にまたがる広大な地域で、リョンロートが編纂した口承のルノ（歌）の多くがこの地域で収集された。

6　ケメヌーメ（大いなる地）

テキスト本文のロシアと入れ替えられている。元になった語はケミ（Kemi）かもしれない。これは、フィンランド北部の川の名で、河口に同名の都市もある。「スッツェ」の項の脚注も参照のこと。

7　カレルヴォ（Kalervo）

クレルヴォの父。この名前は、フィンランドの文化的英雄であり父祖である、カレヴァ（Kaleva）の変形かもしれない。カレヴァはカレワラ（カレヴァラ）（Kalevala）にその名をとどめている（カレヴァに「場所、または住居」を意味する接尾辞である「ラ（la）」が付いて、「カレヴァの地」すなわち「英雄たちの土地」の意味となる）。また、その子孫であるカレルヴォの名前にも名残をとどめている。カレルヴォは、トールキンによってタルテ（Talte）、タルテロウヒ（Taltelouhi）、カンパ（Kampa）、カレルヴォイネン（Kalervoinen）とも呼ばれている。カレルヴォイネンは、フィンランド語で小さいことを意味する接尾辞（＝指小辞）「イネン（inen）」が付いてできている。フィンランド語では、指小辞の付き方によって、ひとつの名前がいくつかの異なる形であらわれることがある。次の項のウンタモイネン（Untamoinen）も参照のこと。

8　ウンタモ

カレルヴォの弟、クレルヴォの叔父。魔法の力を持ち、残虐で殺戮を好む。ウンタモイネン

（Untamoinen）、ウンティ（Unti）、ウールト（Ūlto）、ウルコ（Ulko）、ウルコー（Ulkho）とも呼ばれる。

9　歳月を重ねるうち、一人の息子と一人の娘とをもうけ、さらにまた子を産まんとしていた

クレルヴォの兄と姉は、『カレワラ』にも出てくるが、クレルヴォが鍛冶屋の家を去ってから初めて物語に登場する。これは、ウンタモがカレルヴォの妻以外をすべて殺してしまっている、という事実を無視している。唯一生きながらえたカレルヴォの妻は妊娠中で、囚われたままクレルヴォを産むことになっている。『カレワラ』の編纂者であるエリアス・リョンロートはどうやら、クレルヴォの近親相姦と死を話に入れるために、ふたつの別の話を結合させたようだ。トールキンは、物語の冒頭で兄と姉について触れておくことで、話の分裂を回避している。

10　黒き猟犬ムスティ

トールキンは最初、この犬をムスティと呼んだ。これは、フィンランドのよくある犬の名で、「黒」を意味するムスタ（musta）から来ている。英語でいうなら「ブラック」から来る「ブラッキー」のような名前である。この草稿の半ばあたりで、トールキンは、この名をマウリ（Mauri）に変更した。これは、フィンランド語のムーリ（Muuri）、ムーリッキ（Muurikki）から来ていると思われる。牛の呼び名に使う、「黒いやつ」、「ブラッキー」のような意味の言葉である。それからトールキンはまた、ムスティに戻した。本書では両方の名前を残してあるが、最初にマウリの名が出てくる箇所では、括弧書きでムスティと付記した。

11　残虐で粗野な男ども

carlは、野卑な男、田舎者、百姓といった意味。アングロ・サクソンのチェオルル（ceorl）（借地自由民、身分でいうと最下層にあたる）と関連する語。トールキンの物語テキストでは、アングロ・サクソン由来の古風な語と、フィンランド語やフィンランド語に似せた名前とが混じり合っている。

12 その民と土地とを蹂躙した
entreatという語は、通常は「懇願する」、「嘆願する」といった意味だが、この文脈にはまったくそぐわないように思われる。とはいえ、間違いで書かれているわけではない。トールキンは意図的に、この語を古い意味で用いている。オックスフォード英語辞典（OED）にあるように、「扱われる」、「仕打ちを受ける」の意味である。OEDには、一四三〇年の用例が載っている。「ひどく打ち負かされ、ひどく傷つき、ひどく悪しき仕打ちを受けた（So betyn (beaten), so woundyd, Entretyd so fuly (foully)）」

13 ウントラの陰鬱なる館
場所もしくは住居を表す接尾辞「ラ（la）」によって、これがウント（ウンタモ）の家であることが示されている。

14 カレルヴォの子ら
『カレワラ』では、クレルヴォは話の後の方で、鍛冶屋のもとを逃れてから妹がいることを知る。しかし、本書の物語に見られるように、兄妹を双子として結びつけるのはトールキンの創作であり、オリジナルにはない設定だ。

15 クレルヴォ（Kullervo）
トールキンはこの名を「怒り」と訳しているが、この意味は、『カレワラ』でははっきり書かれているわけではない。その起源については論争がある。一見して、父の名であるカレルヴォから形成された名前のように思われる。トールキンは、この英雄を「悲運のクレルヴォ」と呼び、かれのことを「私自身の伝説を書こうという、試みの萌芽」であると述べている（『書簡集』三四五ページ）。クレルヴォは、トールキンがもっとも初期に創作した、故郷を追われた者、英雄、孤児、異郷に暮らす者であり、この系譜は、トゥーリン

(クレルヴォを直接のモデルとしている)、ベレン、フロドへとつながっていく。トールキンは、自作のクレルヴォに様々な別名や異名を与えている。たとえば、クリ(Kuli)(明らかなクレルヴォの短縮形)、サケ(Sake)、サーケホント(Sākehonto)、ホント(Honto)、サーリ(Sāri)、サーリホントー(Sārihontō)などである。このように、人物に多くの名前を与えるのは、『カレワラ』に典型的に見られる特徴である。たとえば、英雄のレンミンカイネンは、次のような別名を持っている。アハティ(Ahti)(波の王)、アハティ・サーレライネン(Ahti-Saarelainen)(島のアハティ、または島の男)、カウコミエリ(Kaukomieli)(遠くさすらう心を持つ(ハンサムな)男)、カウコライネン(Kaukolainen)(遠くの農場の男)など。

16 ワノーナ、すなわち「泣く」

トゥーリン・トゥランバールの生き別れになった妹、ニエノール(Nienor)/ニーニエル(Níniel)(それぞれ「哀悼」、「涙乙女」を意味する)と比較せよ。ワノーナ(Wanōna)はトールキン自身が考案した名前である。『カレワラ』では、妹には名前がないからだ。手書き原稿の初期段階では、ウェリノーレ(Welinōre)と書かれているが、これはすぐに撤回され、ワノーナに変更されている。そして、その「W」が抹消され、上に「U」と書かれている(folio 3)。この名前は一度、ワニリエ(Wanilie)という形で出てくる(folio 4)。草稿の後の方では、ワノーナからワノーラ(Wanōra)へと変更がなされているが(folio 7)、その「W」は「O」と上書きされているので、オアノーラ(Oanōra)ということになる。オアノーラ(ワノーナから変更された)は、folio 11の裏面に、次のような文でもう一度出てくる。「その心はまだ、オアノーラのみを除けば、おのれの一族に対しても苦々しいままであった」。妹は、本文のそれ以降の部分では、名前で呼ばれてはいない。

17 揺り籠を荒っぽく揺すられたからだ

このforは「～の理由で」という意味にとるべきだろう。肉体的な虐待が心理的な影響をもたらす、という伝統的な見方は古くから存在する。「小枝を曲げれば、木もそう育つ（as the twig is bent so grows the tree)」という言い回しもある。

18　魔法の使い手から一世代

物語の最初の行での、トールキンの「魔法」という語の使い方と比較せよ。「魔法がまだ新しかった時代」。クレルヴォは、古代のシャーマニズム的な行為を実践することができる。

19　まだ膝ほどの背丈しかないのに

神話的な英雄は、急速に成長する、という伝統がある。ギリシアのヘラクレスや、アイルランドのク・フーリンがそうだ。ワノーナは、「驚くべき」と表現されているが、やはり急速に成長している。この点においても、この双子たちは古典に見るアポロとアルテミスと共通するところがある。アポロとアルテミスは、ゼウスを父としてレトが産んだ双子だが、物語のある版によれば、どちらも生まれたその日のうちに完全な大人へと成長したとされている。

20　トゥオニの猟犬

神話における猟犬は、しばしば黄泉の国と結びつけられ、守護者であったり、道案内であったりする。『カレワラ』では、トゥオニは（擬人化された）死であり、「死の王」とも呼ばれる。かれの領土は黄泉の国トゥオネラである。トゥオニという名前に、場所または住居を表す接尾辞「ラ」がついた語だ。

21　沼地の国トゥオニ

「スオミ」の間違いかもしれない。前出の「スッツェ」の項を参照のこと。

22　｛そしてクレルヴォに、かれは自分の毛を三本与えて……｝

この文全体が、手書き原稿では抹消されているが、本書では残している。ムスティの魔法の毛が、後にクレルヴォの命を救うことになるからだ。

23 [百] 尋《ひろ》

括弧内の単語は、トールキンの手稿では判読が難しいが、カービーの翻訳では「百」が使われている。

24 **大いなる短剣シッキ**

『カレワラ』では、短剣には名が付いていない。ジョン・ガースは、その論考「翻案から発明へ」で、トールキンの「語源学」を引用して、シク（SIK-）という語幹（クエンヤ語とシンダール語の派生語「シキル（sikil）」、「シギル（sigil）」に見られる）は「短刀、短剣」を意味するとしている。（『トールキン・スタディーズ』XI号、二〇一四年、四〇ページ、『失われた道 *The Lost Road*』三八五ページ）

25 **今やわたしも、まことの男となった**

トールキンは、クレルヴォ物語の文体として、散文の間に「どっさりの詩」をちりばめると述べているが（『書簡集』七ページ）、その「どっさりの詩」のうち、最初のひとつがこれである。メモの書かれたフォリオにも、いくつか草稿が残っている。これは、いわゆる「カレワラ音律」で書かれている。トールキンはこの音律を、『カレワラ』を最初に読んだ際のカービーの翻訳で知ったと思われる。これは、フィンランド語の四拍八音節の行でできた詩を英語に直したもので、英語を話す人にとっては、ロングフェローの「ハイアワサ（Hiawatha）」の音律としておなじみのものだ。フィンランド語では、それほど単調ではない。この詩の別ヴァージョンは、folio 22の表面と（上下逆の）裏面に書かれている。

26 **レンポ**

folio 6に、「疫病と死」と書かれている。この名は、『カレワラ』に登場する名「レンピ」（Lempi）と非常によく似ている。「レンピ」は、プレイボーイの英雄、レンミンカイネンの父の名である。フィンランド語のレンピ（lempi）は「性的な愛」を意味する。トールキンはこの名を借りただけで、意味は関係ない。

27 ケイメの娘

意味がはっきりしない。ロシアを指しているのかもしれない（ロシアは本文中でケメヌーメと呼ばれている）。あるいは、テレア／カレリアを指しているとも考えられる。folio 6に、テレア／カレリアについて「ケーメ（Kēme）の生誕の地」という注釈が書き込まれているからだ。

28 鍛冶屋アーセモ

アーセモ（Āsemo）という名は、『カレワラ』に登場するこの人物の名「イルマリネン」に代えるためにトールキンが作り出した名前だと思われる。イルマリネンは、「空、空気」を意味するイルマ（ilma）から来ている。アーセモは（やはり鍛冶屋であるので）、フィンランド語で「武器、道具」を意味するアセ（ase）に、接尾辞のモ（mo）が付いてできた語かもしれない（モは一般名詞を固有名詞に代えるときに使われる）。『カレワラ』では、鍛冶屋のイルマリネンは、はるかに大きな役割を果たしており、大空の天蓋を打って作り、宝器サンポを鍛造したとされる。これは一種の創造神としての性質を表しており、トールキンの物語での小さな役割の人物にしてはあまりにも偉大すぎただろう。クレルヴォのような神話の英雄は、しばしば鍛冶屋のもとで育てられる。たとえば、アイルランドのセタンタは、鍛冶屋のクラン（Culann）のもとで育てられ、その鍛冶屋から名を取って、以後、ク・フーリン（Cú Chulainn）、「クランの猟犬」と呼ばれるようになった。北欧神話の英雄シグルドは、鍛冶屋のレギンの教えを受ける。鍛冶屋アーセモの住むプホーサ（Puhōsa）は、地理的に場所を特定するのは難しい。何度も、大いなる地（最初の段落でロシアとされている）にあると言われ、またテレア（カレリアと同義）にあるとも言われる。

29 浅黒く、醜い

この英雄に関して、怒りと恨みに満ちた内面が暗く醜い外見に表れている、という設定はトールキンの創作である。『カレワラ』では、クレルヴォはハンサムな金髪の男として描かれている。folio 23の表面には、欄外に「クレルヴォ 醜い」とメモがあり、その下のやはり欄外に「マウリ 黒い」と書かれている。

30 奴隷の身

奴隷、農奴、囚われの身であること。古ノルド語のthræll（「従僕」の意）に由来する、アングロ・サクソン語のthrælから来ている語。

31 沼地の国の女王コイの娘

鍛冶屋の妻。『カレワラ』では「北の乙女、北の娘」を意味するポホヤン・ネイティ（Pohjan neiti）と呼ばれているが、トールキンの物語では名前がなく、コイの娘とだけ書かれている。フィンランド語では、koiは固有名詞ではなく、「夜明け、暁」を意味する単語であり、この用法はトールキンの考案である。コイは物語には登場しないが、トールキンは名前のリストに、コイを「ローケの女王」（Queen of Lōke）と記している（本書九一ページ）。トールキンは明らかに、この人物を『カレワラ』の主要人物であるロウヒ（Louhi）と同一視している。ロウヒは、魔女で、北の国ポホヨラ（Pohjola）の女主人であり、北の乙女の狡猾な母である。ロウヒという名は、ロヴィアタール（Loviatar）の短縮形で、女性を表す接尾辞タールを除いた形だ。『カレワラ』では、ロヴィアタールは「死の娘」と呼ばれ、死の国に住む半盲目の娘である。トールキンの名前リストのひとつでは、「ロウヒアタール（Louhiatar）」を「鍛冶屋の妻の名」と定義している。（後出の「キヴタール」の項を参照のこと）

32 プホーサ

ウンタモの住まい。プフ（Puhu）とも呼ばれる。これはプホーサの変形（指小語）であろう。

33 青き森

フィンランド語の（sininen salo）は文字通り訳せば「青い荒野」となるが、しばしば「青くかすむ荒野」もしくは「青い森林地帯の霞」と訳される。これは、森林地帯、特に低地にある森で立ち上る霞から来る表現である。トールキンは、青という色と、謎や魔法の現象とを結びつけている。青きプホーサ、ウンタモの住まいをとり巻く青き森、クレルヴォが彷徨う青き森といった表現である。

34 マナトミ

空、天。イルウェ（Ilwe）、イルウェンティ（Ilwenti）とも呼ばれる。

35 天空の神イル

イルク（Ilku）とも呼ばれ、時としてウッコ（Ukko）と混同される。folio 6に書かれたトールキンの名前リスト（本書九〇ページ）では、イルは「空の神」とされている。後出のマローロ（Malōlo）と比較せよ。触れておく価値のあることだが、「イル（Ilu）」は、トールキンの神話、「シルマリルの物語」に登場する神格のエルフ名、イルーヴァタール（Ilúvatar）の最初の部分でもある。

36 わが牛を護り給え

トールキンの「どっさりの詩」のうち最長の詩。畜牛を護るためのこの呪文は、『カレワラ』の「クレルヴォ」の部、ルノ・第三二で鍛冶屋の妻が歌う、同等の長さの呪文を踏襲している。これをトールキンは、「素晴らしい牛の歌」と呼んでいる（『カレワラ』についての論考と注釈を参照のこと）。トールキンは明らかに、『カレワラ』と自分の物語の双方にとって、これが重要な要素であると感じていたようだ。『カレワラ』の詩でもトールキンの詩でも、生計を立てるために家畜を飼うことの重要性が示されている。どちらの詩でも、森林地帯や自然の精霊たちに名前が付けられていて（トールキンは詩的な創作を多少付け加えることを、自分に許しているようだが）、そこから異教のフィンランドの世界観がありありと伝わってくる。

37　イルウィンティの娘ら

空気の精霊、そよ風を指しているようだ。イルウィンティ（Ilwinti）は「空、空気」を表すイルマ（ilma）から来ている。『カレワラ』に登場する母神はイルマタール（Ilmatar）すなわち「大気の乙女」（マゴウンによる訳）、あるいは「大気の娘」（カービーによる訳）と呼ばれている。「空気」を表す（ilma）に女性を表す接尾辞（tar）が付いて、直訳すれば「空気の乙女」となる。

38　マノイネ

「イルウィンティの娘ら」、「イルウィンティの青き牧場《まきば》」、「白き雌牛（雲のこと）」などの文脈からして、マノイネは、空や天を意味するマナトミと同じ言葉のようだ（前出の「マナトミ」の項を参照のこと）。

39　ウッコ

古代フィンランドの雷神。この名前は「老人」を意味する。指小語の形であるウッコネン（ukkonen）は、雷を指す言葉である。前出の「イル」の項を参照のこと。

40　マローロの子ら

folio 6によれば、マローロは「神、大地の作り手」とされている。ここに先立つ行では、娘たちは「偉大なるいにしえの乙女ら」また「力ある天の娘ら」と呼ばれている。古代の女性の神もしくは精霊であると見られる。

41　パリッキの小さき乙女、テレンダ、カルトゥーセ、プールルー

これらの名前はトールキンの創作のようだ。

42 カメ

ケーメ (Kēme) の変化した形かもしれない。

43 テレンイェ、サムヤンの乙女

folio 6 のリストでは、サムヤンは「森の神」とされており、タピオと同じものを指す（もしくはタピオの代替として作られた）名前であると思われる。その娘はテレルヴォで、「風の精」とも呼ばれる。テレンイェは、森の精か、ドリュアス（木の精）か、またはイルウィンティの娘たちの同類であるか、いずれかだろう。

44 女たちの火が燃えるだろう

フィンランドの農場では、夕方には火が焚かれ、その煙で、家畜を悩ませる蚊を寄せつけないようにする。

45 蜜の足

北ヨーロッパでは、熊や狼など、ある種の野生動物はとても力があるとみなされ、その名を口に出すとその場に招き寄せることになり、結果として人命が危険にさらされると考えられた。そのために、そのまま名を言わずに、婉曲的に言い換えたり、別名や別の表現を使ったり、ということがしばしば行われた。たとえば、熊のことを「蜜の足」「茶色」「冬ごもりする者」「森の国の林檎」などと言う。これらの呼称はみな、『カレワラ』で熊のこととして使われているが、実際の「熊」という単語は (karhu) である。トールキンは、「ファーザー・クリスマス（サンタクロース）からの手紙」で、一九二九年にこの語を使っている。北極熊が、自分の「真の名」は「カルフ」であると明かすのだ。トールキンの詩では、鍛冶屋の妻が熊のことを「ウル（熊）」と呼ぶが、魅力的な響きのニックネームで熊をおだててもいる。

46　クール

folio 6では、「死の黒き大河」と書かれている。クルワンヨ（Kuruwanyo）もこれの変化した形であると見られる。フィンランド語の（kuolema）は「死」の意味であり、トールキンはそこからこの名を作ったのかもしれない。

47　牛飼い（neatherd）

牛飼いを表す古い語。この意味のneatは古語で廃語となっているが、雌牛や雄牛を、家畜として飼われる他の蹄《ひづめ》のある動物、羊や山羊などとはっきり区別して言う言葉である。

48　アムントゥ

folio 6では、「地獄」であるとされている。

49　ニエリッド

folio 6の名前リストでは、ニエーリ（Nyēli）をカンパの別名としている。カンパ自体もカレルヴォの別名である。ニエリッドは、「〜の一族の」というような意味かもしれない。ただし、『失われた道 *The Lost Road*』所収の「語源学 The Etymology」では、ニエル（NYEL-）について次のような注釈がなされている。「鳴る、歌う、いい音を立てる。Q　ニエロ（nyello）＝歌い手。ニエレ（nyelle）＝鐘。T　ファリネル（Fallinel）（ファリネリ（Fallinelli））＝テレリのファル［PHAL］。N　ネル（nell）＝鐘。ネラ－（nella-）（鐘を鳴らす）。ネラデル（nelladel）（＝鐘の鳴る音）。Q　ソロニエルディ（Solonyeldi）＝テレリ（ソル（SOL）を参照）。テレリの形ではソロネルディ（Soloneldi）」

50　人々はロケより来たる

ロケはロヒウと同じ場所を指す地名のようだ。古代北欧のトリックスターの神、ロキと似ているのは意図的かもしれない。ロキとロウヒに、語源学的な関連性があることは指摘されているが、それを実証することはできない。

51　しかし、かれらは震えるだろう……聞くとき

この行と、それに続く二行は、構文的にぎこちなく、修正が必要に思われる。韻律的にも破調であり、文法的な面でも詩的な面でも整える必要がありそうだ。わたしが「hear」と書き起こした単語は（確かにそう見えるのだが）、h の字のうち、上に突き出ている部分が t の字のようにはっきりと交差している。論理的に考えると、「hear them」の後には「of」が来るべきだ。「hear them of thy fate」となっているべきだが、その「of」がない。最後の二行で、「To」は左の方の余白にはみ出して、そして（混乱を招くほど）行と行の中間あたりに書かれている。「To」の最初の文字は、文頭であるかのように大文字になっているが、「Woe」の後に来る方がよさそうだ。結びの単語（一語、もしくは複数の単語）は、判読不能である。できる範囲で修正してみると、以下のようになる。「しかし、かれらは震えるだろう、汝《な》が恐ろしき運命《さだめ》と最期とを聞くとき。災いなるかな、汝……（'But shall shudder when they hear them/ [of] thy fate and end [and と書かれているのを修正] of terror./ Woe to thou who...'）」

52　遠きロヒウ

語源学的にいえば、「ロウヒ」と「ロウヒアタール」に似ているが、この語は明らかに人物ではなく場所を指している。「ロケ」の項（注50）を参照のこと。

53　いとも尊きユマラ

『カレワラ』で、ユマラは聖なる存在であり、しばしば「神」、「天の神」または「創造主」などと訳される。元来は異教的存在だったものが、キリスト教に同化した表現になったのかもしれない。

54　わたしは幼くして、~~母~~父を亡くした／わたしは若くして（か弱きときに）、母を亡くした（I was small and lost my ~~mother~~ father／I was young (weak) and lost my mother）

手稿で抹消されている部分だが、この二行はカービーによる『カレワラ』の翻訳を、ほぼそのまま引用したもので、原文は「わたしは幼くして、父を亡くした、わたしはか弱きときに、母を亡くした」となっている。本書で、この抹消部分を残したのは、トールキンが「非常に素晴らしい物語で、きわめて悲劇的」と評したものに対する、かれの個人的興味を示しているかもしれないからだ。トールキン自身の人生（四歳で父を亡くし、一二歳で母を亡くした）と重なっているのは自明であろう。

55　青き衣の森の貴婦人／森の女／青き森の女

最初の呼び方は、カービーの翻訳に倣っている。トールキンは、さらに異名を付け加えている。マゴウンの翻訳では、「緑の衣を着た林の乙女」である。フライブルクの翻訳では、「青き衣の森の淑女」となっている。森の女主人は、伝統的にはミエリッキ（Mielikki）と呼ばれるが、森の主神タピオのつれあい、または妻である。『カレワラ』の世界には、数多くの自然の精霊や、森の半神半人たちがいて、必要とされるときに姿を現す。これは、特に重要な役割を果たす存在だ。クレルヴォはこの女性に、山を避けるように言われたのに、その指示に背いたときに、妹と呪われた運命の出会いをすることになったからだ。

56　ロウヒの娘

ほぼ間違いなく、「コイの娘」の誤り。鍛冶屋の妻。

57　タピオの娘

ドリュアス、森の精のひとり。タピオ（Tapio）は森の神。

58　イルマリネンの妻

アーセモの誤り。イルマリネンは『カレワラ』の鍛冶屋で、トールキンはもともとその名を使っていたが、後にアーセモに変更した（前出の「鍛冶屋アーセモ」の項を参照）。

59

「キヴタール」と泣き叫びながら

クレルヴォの妹は、ある段階ではこの名前「キヴタール」であったようだ（ニックネームかもしれない）。folio 22の裏面の上部に、短い名前リストが書かれている。

カレルヴォ　＞　パイヴァータ
キプティルト　苦痛の乙女　かれの妻
キヴタール　苦痛の娘　かれの娘
ロウヒアタール　鍛冶屋の妻の名
サアリ　カレルヴォイネン　英雄

キプティルトとキヴタールは、どちらもフィンランド語で「苦痛」を意味するkipuから来ている。フライブルクの『カレワラ』の翻訳では、キプティルトは「苦痛の乙女」とされている。マゴウンの翻訳では、キプティルトを「苦痛の少女」と呼び、キヴタールを「苦痛の精霊」すなわち「苦痛の少女（苦痛の乙女）」と同じものとしている。カービーは、これらの名前を訳さないままにしている。

II

「カレワラ」

『カレワラ』に関する論考《エッセイ》への序文

物語自体とは異なり、『カレワラ（カレヴァラ）』に関するトールキンの論考《エッセイ》は、二種類の形で存在している。一方は、再構成するために章ごとに番号がふってある、粗っぽい手書きの草稿。もう一方は、きちんとしたタイプ原稿である。どちらも一緒にカタログに掲載されており、ボードリアン図書館のMS Tolkien B 61 folio 126–60がそれにあたる。手書き原稿は、鉛筆の上にインクで書かれており、修正が多くほどこされている。二四ページのかならずしもきちんと連続してはいないページにくわえて、追加の、もっと小さなフォリオ（本書には収録していない）があって、その両面には断片的な走り書きのメモが書かれている。タイプ原稿の方は、ごくたまにインクでの修正がみられるだけで、罫線入りの用紙が使われている。このテキストは、行間を空けずにタイプした全一九ページからなり、一九ページのいちばん下、文の途中でいきなりとぎれている。

手書き原稿についている、手書きのタイトルページ（図6）には、「『カレワラ』すなわち英雄たちの土地について」と書かれており、また次のような覚書がついている。「（C. C. Coll.［コーパス・クリスティ・カレッジ］オックスフォード、サンダイヤル、一九一四年一一月」そして、「エクセター・カレッジ、エッセイクラブ。一九一五年二月」。これらふたつの日付は、トールキンがこの原稿を人前で語った時であることが知られている。一九一四年一一月の発表は、一〇月にエディスに手紙を送ってから一か月しかたっていない。二月の方は、ほんの三か月しかたっておらず、あきらかに物語が書かれたのと同時期に属している。

いくらか改訂されたタイプ原稿の方は、はっきりした日付は特定できない。こちらには、別になったタイトルページは存在せず、原稿の上部に「カレワラ」と書かれているだけだ。本文中に出てくる「先の戦争」への言及からして、第一次世界大戦が休戦に至った一九一八年一一月一一日以降に書かれたと考えられる。また、「連盟」（一九一九年から二〇年にかけて結成された国際連盟のことだろう）について言及していることから、少なくとも一九一九年以降のものであるはずだ。トールキンの初期の詩の原稿と、このタイプ原稿を比較することで、ダグラス・A・アンダーソンは、一九一九〜二〇年のあいだに書かれたであろうと示唆している（わたしが個人的に伝えられた見解）。一方、クリスティーナ・スカルとウェイン・ハモンドは、もう少し後であるとしており、推測であると認めたうえで、一九二一年頃〜一九二四年頃を主張している（『クロノロジー *Chronology*』一一五ページ）。アンダーソンのいう年代であれば、この改訂版はトールキンがまだオックスフォードに住んでいた時期のものとなる（トールキンは一九一八年一一月から一九二〇年春まで、新英語辞典の編集に携わっていた）。一方、スカルとハモンドの説を採れば、トールキンがリーズ大学で英語学の講師をしていた時期となる。いずれにしても、この改訂版の原稿に関しては、証拠がない。

「クレルヴォ物語」と同様に、この二種類の論考に関しても、スムーズに読めるような編集をおこなった。角括弧で補った言葉（やその一部）は、テキスト本文からは脱落しているものの、意味をはっきりさせるのに必要と思われるものだ。まちがった書きだしや、抹消された単語や行は削除してある。また、物語の方と同じく、テキスト本文を中断して読者の気を散らせるのはよくないと思ったので、「注釈と解説」の部をそれぞれの原稿の後に設けた。そちらで、用語や語法について説明し、参考になる文を引用している。

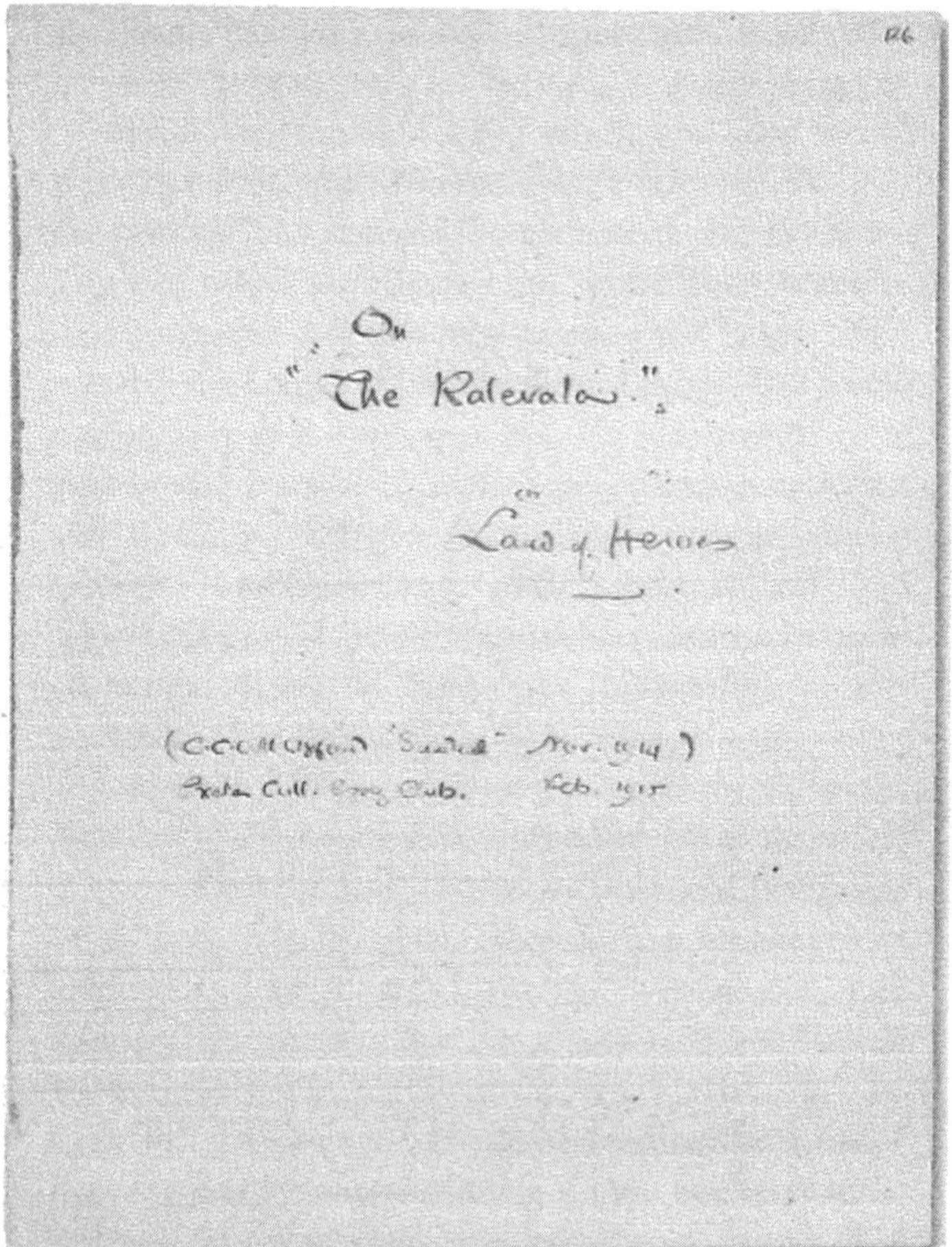

図6　論考《エッセイ》「『カレワラ』について」草稿のタイトルページ
（J・R・R・トールキンによる手書き）
[MS Tolkien B 61 folio 126 表面]

「『カレワラ』すなわち　英雄たちの土地　について」

［手書きの草稿］

この論考《エッセイ》は、[1]元来はこのソサエティのために書かれたものではありませんが、お許しいただけることを願っています。わたしの今夜の主目的は穴埋めをすることですし、[2]本来の朗読者が急にだめになったという状況ですが、できるかぎりみなさんに楽しんでいただきたいと思っています。

さらにこれが、質として、受け売り的な性質のものであることも、お許しいただければ幸いです。とても論文としての質をそなえているとは言えません――むしろ、のんびりとお気に入りの本の背表紙をなでながら呟《つぶや》く、とりとめのない独り言のようなものです。もしもわたしが、この部屋にいるだれもこれらの詩を読んだことがないかのような話し方に、ひっきりなしに陥《おちい》ってしまうとしたら、わたしが初めてこれを朗読したときにはじっさいそうだったからです。そしてまた、わたしのお気に入りに対する態度がそうなのだと思ってください。わたしはこれらの詩が大好きです。一般の読者にとって、あるいは、もっと興味深い脇道に精通していらっしゃる方々にとってさえ、ふだんなじみのあるものとはまったく似ていない文学[3](litterature)です。これは、とても非ヨーロッパ的でありながら、ヨーロッパのみが生みだせる文学でもあります。

このバラッド集をお読みになった方なら(とくに原文でお読みになった方なら――原文[4]はどの翻訳とも非常に異なっていますので)、それに同意してくださることと思います。たいていの人は、自国のもっとも古い書物が出た時代からずっと、さまざまな起源に由来する神話的な物語、伝説、英雄譚《ロマンス》の一般的な型やタイプといったものに、慣れ親しんでいます。それは、さまざまな経路を通じてギリシアから、またアイルランドやイギリスのケルト民族から、あるいはテュートン民族から(わたし自身がますます心をひかれている順に述べています)、わたしたちのもとに伝えられ、古代の伝説の宝庫である、ステッド[5]の『子どものための本』において栄冠を受け、定評あるものとなっています。それはある一定のスタイル、または味わいをそなえているのです。たがいに大きなへだたりがあってもなんらかの類縁性があり、最終的にそれを語る語り手の民族がどれほど異なったとしても、インド・ヨーロッパ語族[6]の言語を話す者の想像力には、なにか似かよったところがあると感じられます。

かすかな流れは、もちろん、おぼろげで異質な東方から入ってきています（それは、先に述[7]べた、愛されているピンク色の表紙の本にも反映されています）。しかし、異質な影響というものは、仮に感じ取れるとすれば、基本となる物語にというより、むしろ最終的な文学の形態に及ぼされるものです。それから、みなさんは「カレワラ」（または大雑把に翻訳するなら、その方がずっと言いやすいですが）「英雄たちの土地」を発見するかもしれません。そしてみなさんは、たちまち、新世界に到達しているのです。そして、驚くべき新たな興奮を味わうことができるでしょう。みなさんは、新大陸に到達したコロンブスや、良き地ヴィンランド[8]にやってきたトルフィンのように感じるはずです。新しい土地に最初の一歩を踏みだすと、もし望むなら、元いた土地との比較をすぐにも始めることができます。山、川、草などは、おそらくどちらにも共通する特徴でしょう。あるいくつかの植物や動物は、なじみ深く感じられるかもしれません。とくに、野蛮で獰猛な人類もそうでしょう。しかし、しばしば、ほとんど言葉にできないような新しさと奇妙さの感覚があるはずです。この感覚は、あなたを不安にさせるかもしれませんし、楽しませるかもしれません。木々は、地平線上に異なる茂り方をしているし、鳥たちは耳慣れぬ音楽を奏でるでしょう。住人は、荒っぽい、最初は理解できない言葉を話すでしょう。しかし、最悪でも、その段階を過ぎれば、その国も風俗も、もっとなじみ深いものとなり、土着の人たちと話せるようになり、この奇妙な人たちや新しい神々としばらく一緒に暮らすのが、けっこう愉快であると感じるようになるでしょう。偽善者的なところのないスキャンダラスな英雄たちや、ひどく情緒に欠ける恋人たちのいる、この民族と一緒に。そして最終的には、いずれ家に帰るにしても、当分は帰りたくないと感じるかもしれません。

[9]わたしが初めて『カレワラ』を読んだときは、そんなふうでした――つまり、ヨーロッパに住むインド・ヨーロッパ語を話す諸民族とのあいだに開いた、深い割れ目を飛び越え、奇妙な片隅で、いにしえの忘れられた言葉と記憶にしがみついている人たちの、この狭い領域へと入っていったのです。目新しさのせいで、わたしは不安になりました。特有の問題をまったく解決してくれていない[10]翻訳のぎこちなさによって、扱いにくい塊に難渋しながら。苛立たしくもあり、なおかつ心ひかれもしました。そして読むたびに、だんだん居心地が良くなり、楽しめるようになってきたのです。かつてわたしは、[11]学位取得第一次優等試験《オナー・モデレーションズ》に全力を注がねばならなかった時期に、原語という砦に対して無謀な攻撃を仕掛け、最初は大敗を喫して退却せざるをえませんでした。しかし、翻訳がまったくよろしくない理由は、おおむね理解しやすいもの

です。それは、英語からすると、方式も表現も、測りしれないほど大きなへだたりのある言語に取り組んでいる、ということなのです。

しかしながら、わたしがまだ考慮していない、第三のケースというのがありえます。ただ敵意ばかりを感じ、次の船で慣れ親しんだ国に帰りたいと思う方もいらっしゃるかもしれないのです。その場合、すぐお帰りになるのがいちばんですが、その前にこう言っておくのがフェアだと思います。つまり、『カレワラ』の英雄たちがじっさい、奇妙なほど、通常あるべき威厳に欠けるふるまいをするとか、すぐ泣いたり、汚い仕打ちをするなどと感じられるとしても、かれらは決して威厳がないわけではないし、中世の恋人に比べたら、つきあうのもさほどむずかしくありません。中世の恋人というのは、愛する貴婦人が、自分に情けをかけず、弱って死んでしまうよう宣告するといって、その残酷さゆえに涙に暮れて寝こんだりしますが、親切な助言者が、気の毒な貴婦人はあなたが思いを寄せていることをまだ全然知りませんよ、と指摘すると、その発想の新しさに驚いたりしています。『カレワラ』の恋人たちは、はっきりしていて、求愛を拒絶するための取り引きをします。トロイラス[12]のように、代理として慎重に求婚してくれるパンダラスを必要とする者はいません。むしろ、結婚相手の母親たちが舞台裏で手堅い交渉をおこない、娘たちに対して、もっとも根強い幻想さえ打ち砕いてしまうような、皮肉な助言をするのです。

「英雄たちの土地」が「フィンランドの国民的叙事詩《ナショナル・エピック》」である、という表現は、くりかえし耳にするものです。まるで、ある国が、国立《ナショナル》銀行、国立《ナショナル》劇場、国の《ナショナル》政府にくわえて、できれば国の《ナショナル》叙事詩も自動的に持っておくべきだ、とでもいうかのようです。フィンランドは、持っていません。K「カレワラ」は、まったくそういうものではありません。おそらく、叙事詩的な素材の集まりではあります。しかし、ここが重要だと思うのですが、それを叙事詩として扱ってしまえば、最高の喜びである部分がほとんど失われてしまうでしょう。おもなストーリー、出来事そのものだけしか残りません。あの地下世界や、ストーリーや出来事が纏《まと》っていた、あの素晴らしい豊かさや華麗さは、すべてはぎ取られてしまうでしょう。「英雄たちの土地」はじっさい、心愉しい魅力的な素材を集めたコレクションですが、叙事詩の芸術家が登場すると、こうしたものは情緒的な度合いが比較的低いために、他国では必然的に放棄され、やがて影が薄くなり（あまりにも頻繁に）、うち捨てられて忘却へと消え去ってしまいました。

いずれにしても、（たとえば）ホメロスではすっかり取り除かれてしまっているような、奇[13]妙な穴居人的物語や、太陽と月をもてあそぶ途方もないジャグリングや、地球や人間の姿形の起源について語る神話の総体――『カレワラ』はこういったものと比較されるべきでしょう。

あるいはまた、サーガのいつもピンとはりつめた空気のなかで、あちこちに顔を出してくる風変わりな物語、驚くような幽霊や魔法、人間の想像力と信念が生みだす脇道——こうしたものに、「英雄たちの土地」はなぞらえられるべきなのです。もっと偉大なサーガが語るような、傲然たる威厳や勇気、高潔さなどにではなくて。

しかし奇妙で不思議で、つつしみがなく、グロテスクであることは、単に面白いというだけではありません。有益でもあるのです。「崇高《サブライム》」(1)に到達するには、かならずしも、それを完全に一掃してしまう必要はないのです。堂々たる大聖堂に怪物を象《かたど》ったガーゴイル(2)があってもよいのです。しかし、ヨーロッパは、ギリシアの神殿を建てようとしてばかりいるうちに、あまりにも多くのものを失ってしまいました。

というわけで、わたしたちはここに、神話的バラッドのコレクションを手にしています。ヨーロッパの文学が何世紀にもわたって、全体としてはすっかり刈り取って、減らしてしまっている、あの非常に原始的な下草が、ここにはたくさん生えているのです。さまざまな民族がかつて持っていた、ほかとは違う、かつての完璧さとともに。このようなコレクションは、まちがいなく人類学者に荒らされるものでしょう。人類学者はしばらくはここで楽しむでしょうから。わたしの知る解説者たちは、自分の翻訳に多くの注釈をつけて、こんなふうに言っています。「この物語を、[14]アンダマン諸島で語られている物語と比較せよ」あるいは、「この信仰を、[15]ハウサ人の民話にみられるものと比較せよ」などと。しかしわたしたちは、そういうことはやめておきましょう。結局のところ、それはただ、フィン人とアンダマン諸島の住人が、たがいに近い類縁性を持つ動物であると証明するだけのことです（そんなことは前からわかっています）。それゆえ、わたしたちはむしろ喜ぼうではありませんか、失ってしまったかと恐れていた、こうした民衆の空想の貯蔵庫に突然行きあたったということを。この貯蔵庫には、まだ調和する感覚にまで洗練させられていない物語が蓄えられているのです。その物語は、誇張に関してすら、しかるべき限界などというものは考慮されていないし、なにが不適切かという感覚もなく、いやむしろわたしたちの感覚とは異なっています（わたしたちが、ここは不適切なほうが面白いのでは、と考える場合は別ですが）。わたしたちは、この三千年の進歩の行程全体から、休暇を取ろうとしています。そして、一時的に、ひどく非ギリシア的かつ野蛮人《バルバロス》的になろうとしています。将来の人生が、地獄での半日休暇を用意して、(3)イートン襟《カラー》と賛美歌から解放してくれたらいいのに、と願った少年のように。

　これらのバラッドにみられる華々しい誇張は、例としては、[16]マビノギオンでのストーリーテリングを想起させますが、じっさいのところは、かなり違ったものです。K「カレワラ」では、もっともらしくみせようとか、不可能であることを巧妙に押し隠そう、といった試みはなされません。ただ、子どもが「木を百万本切り倒した」とか「おまわりさんを二〇人殺した」などと言っているときのような喜びがあるだけです。なんとか信じさせようなどという考えはなく、これはただの原始的な英雄物語なのです。もちろん、ＭＡＢ［マビノギオン］には、よい物語や、想像力の力強いやりとりから来る、同じような喜びがあります。しかし、その描きだす絵は、もっと技巧的です。色あいが見事に枠組みに沿って考えられており、登場人物は分類されています。「英雄たちの土地」では、そうではありません。人が、詩のある一行で巨大なヘラジカを殺しても、次の行ではそれが雌熊になっているかもしれません。これをきちんと一貫させる必要はないのです。しかしそれは、わたしが感じる『カレワラ』の雰囲気とはどういうものであるのか、お伝えしようとする機会となるかもしれません。それをご自身の知識から修正なさってても結構ですし、わたしが朗読させていただこうと思っている抜粋を参考に、修正されてもかまいません。みなさんの忍耐力がつきて、『カレワラ』の最後の言葉がまさに至言だとお感じになるまで、わたしは朗読をさせていただこうと思っています。

「流れる滝も／終わりなき水の流れを生むことはない。／熟練の歌い手も／すべての知識が尽《つ》きるまで、歌いつづけることはできない。」

わたしが感じるのは――文学的な伝統という背景が存在しない、ということです。M［マビノギオン］には、そういう背景があります。壮大な進歩の感覚があり、それがきわめて精巧に調和した、あまり色彩の異ならないフィールドを生みだし、それを背景として、物語を演じる人物たちが際立って見えているのです。しかし、その人物たちは、周囲をとり巻く素晴らしい色彩の枠組みとも調和していますし、透明にではなくとも、はっとするような形でとけこんでいます。とくにこれに似た国民的な伝説文学には、なにか共通するところがあります。『カレワラ』はわたしからすると、そういう点はまったく感じられません。色彩、業績、驚異、英雄たちの人物像などすべてが、まっさらな素のキャンバスの上に、いきなり絵の具を飛び散らせる勢いで描きだされています。もっとも古いものの起源を語る伝説さえも、歌い手の、その瞬間の生き生きした想像力から生まれた、新鮮なものに感じられます。路面電車《トラム》や銃や飛行機といった、極端な現代性はありません。英雄たちの武器はたしかに、いわゆる「古風な」弓や槍や剣ですが、同時に「今」を感じさせるところがあります。乾いた、非ロマンティックな刹那的な感じ、現在という感じがあって、かなり驚かされます。とくに、ふとわれに返ってみれば、地球が小ガモの卵から創造されたり、太陽と月が山の中に閉じこめられたりという話をずっと読んでいるのですから。

Ⅱ

『カレワラ』の起源に関して知られているのは、次のようなことです。[17] ワイナミョイネンが登場し、かれの大いなる弦楽器、カマスの骨でこしらえた「カンテレ」が作られて以来、わたしたちの知るかぎり、フィン人たちはつねにバラッドを愛してきました。そしてこうしたバラッドは、つきることのない熱意をもって伝承され、日々歌いつがれて、父から息子へ、息子から孫へと伝わって、今日《こんにち》に至っています。その「今日」について、バラッドがこんなふうに嘆いています、「歌は、過ぎし世の歌となり／いにしえの叡智の隠された言葉となった／その歌を、すべての子らは歌わず／すべてが、人の理解の及ばぬものとなった／この不幸な時代に／民族がその終焉《おわり》に近づいた時代に」。スウェーデンの影、そしてやがてロシアの影が、何世紀にもわたってこの国を覆ってきました。[18] ペトログラードはフィンランドにあります。しかし、注目すべき喜ばしいことは、こうした「過ぎし世の歌」がいまだにそこなわれてしまっていないということです。

スウェーデンは、一二世紀に、ついにフィンランドを征服しました（たえず続く戦乱とある程度の交流の末に。それはわたしたちの時代の始まりを越えた昔にまでさかのぼりますが、そこでは[4]ホルシュタインにいたわたしたち自身のご先祖様も一定の役割を果たしました）。それからキリスト教が徐々に導入されはじめました——別の言い方をすれば、フィン人は、中世ヨーロッパで最後に残った異教の民族のひとつだったらしいということです。今日の『カレワラ』は、事実上ほとんど影響を受けていません。終わりの部分と、天の神ウッコへのいくつかの言及で、キリスト教の存在がほのめかされているのを除けば、キリスト教はほとんどまったく不在です。その詩の興味深さと「未発達な」性質は、そのおかげであるというのが大きいです。ただし、感情面で哀愁を帯びていること、つまり視野の狭い、地方にとどまった見方になっていることも（物事それ自体は、楽しく描かれていないわけではありませんが）、そのせいではあるでしょう。

　それからさらに七世紀にわたって、スウェーデンやロシアの支配にもかかわらず、バラッドは伝承されていきましたが、[19]エリアス・リョンロートが一八三五年に選集を作るまで、書きとめられることはありませんでした。これらはすべて、フィンランド東部で収集されたもので、したがって現代の書き言葉のフィンランド語とは異なる方言が使われています。この方言は、一種の詩的な慣習となりました。[20]リョンロートだけが収集者だったわけではありませんが、かれが、一連の歌を緩やかにつながった形に連結することを思いついたのでした——結果からみると、これは少なからぬ技術を要することでしょう。かれは、英雄たちの神話的な祖先であるカレワからとって、その選集を「英雄たちの土地、カレワラ」と名づけました。これは二五のルノ（歌）からなっていましたが、新たに収集された素材をくわえて数を倍に増やしたものが一八四九年にふたたび出版されました。[21]そしてほとんど時をおかずに、他の言語への翻訳が出版されることになりました。

とはいえ、このバラッドの歌唱がそれでもやはり、今なお続いているのだということを理解するのは、興味深いものです。たまたまわたしたちのためにひとつの形をとった、ここにあるバラッドは、無数のヴァリエーションをもちえますし、今も変化を続けています。『カレワラ』も、決してフィンランドにあるバラッド文学のすべてではありませんし、リョンロートが収集したバラッドのすべてでもありません。かれは、収集したすべてをおさめた書物を、「カンテレタール」すなわち「竪琴の娘」というタイトルで出版してもいます。『カレワラ』がここで異なっている点はただ、たがいに結びあわされて読みやすくなっており、大地と空の創造からワイナミョイネンの旅立ちにいたるまでの、フィンランドの神話の分野をほとんど網羅している、ということだけです。これが収集された時が新しいせいで、現代特有の「真に原始的なるもの」への不健全な渇望をいだく人たちは、つい疑念を感じがちでしょう。しかしながら、それこそが、この宝物館が略奪されずに残った真の理由だというのは、おおいにありそうなことです。これは、あらためて飾り立てられたり、絨毯を敷かれたり、洗って白くされたり、その他の方法でそこなわれたりしていません。偶然の配慮にゆだねられ、炉端の天才がそれを扱えるよう残されました。そして、学者ぶった、教訓的な人々の手を免れたのです。

［ユマラは、その名を聖書でいう「神」と翻訳されていますが、今も『カレワラ』で、雲と雨の神、空の老人、多くの創造の娘たちを護る守護者として存在しています］――それは、アイスランドの司教たちがトールとオーディンの冒険にいだいていた興味と、かなり共通するものです。異教信仰が、キリスト教や後のヘブライ的聖書主義の影に隠れて、現代ヨーロッパで今なお存続しようと戦いつづけている、という主張を聞いたことがありますが、その証拠にはならないでしょう。収集されて、ついには印刷によって複製される運命に遭っても、これらの詩は幸運にも、手荒に、もしくは道徳主義的に扱われずにすみました。ヨーロッパの諸民族のなかでも、今、とくに律法に忠実で、ルター派の多い人たちのあいだで、これほど広く読まれているのですから、これは驚くべき文学です。

これらの詩の言語、フィンランド語は、ヨーロッパでもっともむずかしい言語という座を狙う有力候補です。決して醜くはないものの、同種の言語の多くがそうであるように、ユーフォニー[5]が過剰にみられます。それがとても多いので、言語の音楽的要素は自動的にそこに費やされ、詩節の感情を高める余地が残らない傾向にあります。母音の調和と子音の軟化が、通常の発話の絶対不可欠な部分であり、急に予期せぬ美しさが現れる可能性は低いです。これは、ヨーロッパで事実上孤立している言語で、その例外は、類縁性を持つ、隣接しているエストニアのみで、エストニアの物語と言語は、フィンランドと非常に近い関係にあります。（わたしが聞いたところでは、フィンランド語は、ロシアの部族のいくつかの言語や、マジャール語と関係があり、トルコ語とも遠い関係にあるとのことです）。借用というプロセスを除いては、近隣の言語のどれとも関係がありません。ヨーロッパのたいていの言語より、はるかに原始的なタイプに属する言語でもあります。それでも英語では考えられないほど柔軟《フレキシブル》で、流動的《フルイド》で、固定されない《アンフィクスド》形をとります。詩歌では、意味のない音節や、ときには意味のない単語さえも、ただ響きが心地よいからというだけで、自由に挿入されます。たとえば次のような詩行です。

'Enkä lähe Inkerelle[6]
Penkerelle Pänkerelle'
あるいは、
'Ihveniä ahvenia
Tuimenia Taimenia'

ここで、Pänkerelleという語は、ただPenkerelleをこだまのように響かせているだけです。またIhveniäとTuimeniaは、ahveniaとtaimeniaを発語するきっかけとして、そのためだけに発明された語です。

韻律は、大づかみには英語訳と同じです。原文ははるかに自由ではありますが。一行は八音節で、おおむね四つの強勢があります（通常は、主となる強勢が二つ、下位の強勢が二つ）。もちろんこれは、ロングフェローの「ハイアワサ」と同じ、脚韻を踏まない強弱格の韻律です。この韻律は、その詩の着想や出来事の多くとともに、ロングフェローによって無断借用されました（その精神はいっさい借用されていませんが）――わたしがこれに言及するのはただ、この詩人の伝記的な解説では、この事実がいつも闇も葬られたままになっているからです。「ハイアワサ」[22]はインディアンの民間伝承を納めた真正な貯蔵庫ではなく、『カレワラ』から問題となる部分を削除しておとなしくやわらかくし、わたしが想像するところでは、インディアンの伝承のバラバラなかけらや、おそらく本物の名前をいくつか使って色づけしたものでしょう。[23]ロングフェローの使っている名前は、しばしば、かれの発明にしてはあまりにも良すぎますから。ロングフェローの二度目か三度目のヨーロッパ旅行（デンマーク語とスウェーデン語の習得が目的だった）のいずれかが、『カレワラ』[24]が初めてスカンディナヴィア語とドイツ語に、立てつづけに翻訳された時期にあたっていたのでしょう。わたしが思うに、『カレワラ』のみが持つ悲哀は、その模倣者（優しく穏やかで、むしろ退屈なアメリカの名士、「エヴァンジェリン」の作者）には、同等の似姿らしきものをまったく見いだせません。かれについて、『ロンドン・デイリー・ニューズ』紙は（これは、アメリカでの評価を引用しています）英語すべてのうちでもっとも素晴らしい詩句のひとつを生みだしたと認め、「詩篇の第百篇、[25]あの偉大なる古きピューリタンの聖歌を歌っている」と評しています。

この韻律は、このうえなく単調かつ薄っぺらですが、じっさいはうまく扱えば、きわめて痛切な悲哀を表現できるはずです（たとえ、もっと荘厳なものは表現しきれないにしても）。わたしが言いたいのは「ミネハハの死」[7]ではなく、『カレワラ』の「アイノの運命」や「クレルヴォの死」のことですが、そこでは、わたしたちにはユーモラスで純朴なものと感じられるような、洗練されていない神話的な周囲の状況によって、悲哀が妨げられることなく、むしろ高められています。悲哀は『カレワラ』につねに存在するもので――しばしば非常に真にせまり、痛烈です。よく出てくる題材のひとつは――荘厳なものではなくて、とてもうまく扱われている題材ですが――結婚の別の側面です。それは「いつまでも幸せに暮らしました」という型の文学が通常避けて通る部分、すなわち悲嘆と憂鬱です。望んで結婚する花嫁であっても、父の家を去り、わが家の慣れ親しんだものと別れるときには、悲嘆と憂鬱を感じます。その社会状況で、「英雄たちの土地」にみられるこの感情は、あきらかに悲劇に近いものです。ここでは、結婚相手の母親たちは、よそで文学に描かれるよりずっと意地悪ですし、家族は先祖伝来の家に何世代にもわたって住みつづけ、息子たちとその妻たちはみな、女家長の鉄の手が支配する下におかれたのですから。

もし、歌を歌っているかのようなこの韻律の特徴にうんざりしてしまうとしたら（そうなりそうですが）、これがたまたま、そこにあった形のまま書きとめられただけのものだと思いだしていただく必要があります。これらは本質的に、竪琴に合わせて歌われる歌であって、歌い手たちは拍子に合わせて、後ろへ、前へと身体を揺らすのです。この習慣については、多くのところでそれとなく言及されています。たとえば、最初にこう歌われます。

「われわれの手をつなごう
われわれの指を結びあおう
愉快な調べを歌おう
最高の力をこめて
＊　＊　＊　＊
そしてわれわれの歌と伝説を呼び起こそう
ワイナミョイネンの帯について
イルマリネンの鍛冶場について[26]
カウコミエリの剣の切っ先について。」[27]

Ⅳ

これらの詩の宗教は、豊かなアニミズム（多神教）であり――それは、純粋に神話的なものと切り離すことが困難です。つまり、『カレワラ』では、すべての家畜や石、すべての木、鳥たち、波、丘、空気、テーブル、剣、そしてビールさえも、はっきりした性格を持っています。それが、数多く出てくる「[28]対話形式のやりとり」のなかで奇妙な技巧とうまさで描きだされ、この詩の不思議な魅力となっています。なかでも、とくに注目すべきは、クレルヴォが剣の切っ先に身を投じて自殺する前に、剣がクレルヴォに語った言葉です。剣が性格を持つとしたらきっと、まさにそこに描かれているような性格だろう、とみなさんも思うでしょう。それは残酷で皮肉な悪漢です。ルノ・第三六・三三〇行を見ていただければと思います。ほかにもふれておくべき例がいくつかあります。「樺の木」の嘆き、すなわちワイナミョイネンが船を作る材木となる木を探している場面（「ハイアワサ」を思わせるところがありますが、こちらの方がすぐれています。[8]ルノ・第一六）。あるいは、レンミンカイネンの母が、失われた息子を探している場面（ルノ・第一五）。母は、出会うものすべてに息子の消息をたずね、月に、木々に、小道にさえも問いかけるのですが、相手はそれぞれ特徴的な役を演じて答えてきます。これは、この詩全体が持つ、もっとも本質的な特色のひとつです。ビールさえも、ときには喋るのです――その一節を、時間をとってお読みしたいと思います。「ビールの起源」についての物語です（ルノ・第二〇・五二二行～五四六行）。

『カレワラ』におけるビールという主題は、しばしば熱狂的に表現されますが、「麦酒《エール》こそは、賢明な人々のための、もっとも素晴らしい最高の飲み物である」という、よくくりかえされる表現には（詩のほかの部分でもそうですが）、一定の慎みが感じられます。テュートン（ドイツ民族）的な酩酊は、他の悪徳ほどは心に訴えなかったようです。飲酒の価値は、想像力を（そして舌を）解き放ってくれるところに見いだされ、それがしばしば賞賛されています（ルノ・第二一・二六〇行）。

「おお、汝、エールよ、汝、美味なる飲料よ
飲む者らをふさぎこませるな
人々を歌いつづけさせよ。
黄金色に染まる口をもて叫ばせよ
諸侯らが驚嘆するほどに、

貴婦人らが思案するほどに。
歌はすでにとぎれかけ
陽気な舌は黙りこんでいる。
エールがまちがった材料で作られ
悪しき飲み物がわれらの前におかれるなら、
詩人らは歌うことができず
最高の歌をかれらは歌わず、
われらの大切な客人らは黙りこむ、
郭公《カッコウ》らも、もはや啼《な》きかわさない。」

しかし、さらなる神話の豊かさが存在します。すべての木、波、そして丘にも、それぞれのニンフや精霊がいるのです（個別の対象物がそなえている性格とは別物のようです）。血と血管のニンフがいます。梯子《はしご》の精霊がいます。月とその子らが、太陽とその子らがいます（月も太陽も男性となっています）。おぼろげで畏怖を感じさせる存在の（王者のごとき威厳にもっとも近いともいえる）森の神タピオと、その配偶者ミエリッキ、妖精のような息子と娘である

「テレルヴォ、やわらかく麗《うるわ》しい衣装をまとった森の小さな乙女」、その兄弟である、赤い帽子に青い外套のニューリッキがいます。天にはユマラ、もしくはウッコがいます。そして、地下には——いやむしろ、不思議な川辺にあるほの暗い陰鬱な領域には、トゥオニがいます。

アハティ[29]とその妻であるヴェッラモは水の中に住んでおり、そして、まだ数知れぬほどの、新しい不思議な存在たちに出会うことができます——霜のパッカネン、災いの神レンポ、織ることの女神カンカハタールなど——しかし、目録をすべてご紹介しても、よく知らない方はインスピレーションがわかないでしょうし、もう知っている方は退屈なさるでしょう。ニンフの子孫たちと、妖精たち（かれらを本当は、神々と呼ぶことはできません、あまりにもオリュンポス的ですから）そして人間の登場人物たちとのあいだの区別は、あまりはっきりと定められてはいません。中心的な登場人物であるワイナミョイネンは、きわめて人間くさい嘘つきで、非常に多才かつ屈強な古老ですが、そのかれは風の息子であり、イルマタール（大気の娘）の息子です。最高に悲劇的な、粗野な少年クレルヴォは、白鳥から二世代しか離れていないのです。

わたしは、大小の神々をとりまぜてご紹介していますが、それは『カレワラ』で浸ることのできる魅力的な雰囲気がどんなものなのか、少しでもわかっていただくためです——まだ、それに浸ったことのない方がいるかもしれませんので。もし、そんな気はないとおっしゃるなら――あるいは、そんな神聖な人物たちと仲よくするような質《たち》ではないと思われるなら、わたしが保証しましょう、かれらは最高に魅力的なふるまいをしてくれますし、だれもが『カレワラ』のゲームの大事なルールを遵守します。そのルールとは、どんな些細なことであっても、正確な情報を告げる前に、少なくとも三回は嘘をつく、というものです。思うに、これは、礼儀正しいふるまいの一種の定型になったのでしょう。四つめの発言までは、だれも信じないのですから（四つめの発言の前に、慎みぶかそうに、こんな前おきをするわけです、「さあ、本当のことをみんなお話ししましょう、最初は少し嘘をつきましたが」と）。

V

宗教（もし、そう呼んでもよければですが）と想像上の背景に関しては、もうじゅうぶんでしょう。詩の現実の舞台、登場人物たちの主に行動する場所は、沼地の国スオミ、すなわちわたしたちの呼び方でいうフィンランドです。または、フィン人たちがしばしば使う呼び方では

「一万の湖の国」です。そこに行ったことはありませんが、実際に行ったとしても『カレワラ』から得られるより、はっきりしたこの国のイメージをつかむのはむずかしいでしょう（『カレワラ』から得られるのは、いずれにせよ一世紀前のこの国のイメージであり、現代の進歩による姿ではないかもしれませんが）。その描写には、土地への愛が漲《みなぎ》っています。沼地や広い湿地、そのなかには島のような場所があり、土地が隆起してできたものもあれば、頂上に木々の茂っている丘もあります。沼地はいつも前にあり、横にあって、負けたり知恵くらべでおくれをとったりした英雄は、たいてい、そういう沼のひとつに放りこまれます。湖と、葦《あし》の柵にかこまれた住宅、そしてゆったりした流れの川が見えます。しじゅう釣りをしています。石積みの家々――そして、冬には、大地のあちこちに橇《そり》が走り、スノーシューズでもすばやくしっかりと動きまわる人々が見えます。

杜松《ねず》の木、松の木、樅《もみ》の木、ポプラ、樺《かば》の木がくりかえし言及されますが、樫の木はあまりなく、そのほかの木は滅多に登場しません。最近のフィンランドがどうかはわかりませんが、熊や狼が『カレワラ』の重要な登場人物であり、それにくわえて、イギリスのわたしたちにはなじみのない、北極圏に隣接する地方の動物たちが多く登場します。

文化はみな奇妙で、その色あい、楽しみや危険は、わたしたちとは違っています。全体として、寒さが最大の恐怖とみなされます。そして、絶え間なく湯気を立てる熱い風呂は、日々の最大の呼び物のひとつです。サウナ、あるいは湯屋（それぞれの家に付属して作られている、きちんと独立した、それ専用の建物です）は、わたしが知るかぎり、記憶に残らないほどの昔からフィンランドの住居の特徴となっています。かれらはこうした熱い風呂に、よく入ります。

社会は、富裕な家屋敷と、点在する村々からなっています。詩は、最高の生活を扱っていますが、それは村から少し離れた、比較的豊かな農民たちの生活だけのことです。英雄がみな、なによりも激しい怒りにかられるのは、妻が「村くんだりまで」行ってお喋りをして自分の品位を落とすことです。それは、静かでほどよく満ちたりた人々をうつしだしていますが、国家としての生活や伝統という、より高貴で威厳のある側面は割愛されています。かれらは上から、外国人の権力によって統治されています。王というような言葉が入りこんでくることはめったにありません。宮廷的な壮麗さもなければ、城もありません（それが出てくる場合は、単に翻訳がまちがっていることが多いのです）。

族長たち、すなわち白い髭を生やした屈強な小地主たちが、見るかぎりもっとも威厳のある人物となります（その妻たちが、そこにいなければですが）。母たちの力というのが、もっとも拘束力のある特性です。老ワイナミョイネンさえも、困難な状況になるとたいてい、母親に相談します。こうして、母のエプロン紐にしがみつくことは、なんと死後まで続きます。ときには、母親が墓から指示を出してきたりするのです。一家の主婦の意見は、例外なく最優先されます。母や姉妹に対する感情は、終始、格段に純粋で深く力強いものです。品行のゆるんだ、定評ある悪漢で、妻に暴力をふるう傾向のある、陽気なレンミンカイネン（かれはいつもそう呼ばれています）さえも、母親には最高の愛情だけを示します。（無責任で粗野な少年である）クレルヴォの大いなる悲劇は、兄と妹にかかわるものです。

フィンランドから、橇《そり》や船や、あるいはもっと速い魔法の手段で、わたしたちはたびたびポホヤへとつれて行かれます。それは陰鬱な霧の立ちこめた北の国で、時としてあきらかにラップランドを思わせますが、それよりも、どこにあるかわからないという印象が強いです。そこから魔法とあらゆる驚異がやってくるのです。そこに、太陽と月を隠してしまった、ルオヒ［原文ママ］が住んでいます。スウェーデンやラップ人やエストニアが、しばしば言及されます。ザクセン（これは今、わたしたちの敵国ですが）は、ごくたまに、遠まわしにしか言及されません。わたしたちの同盟国であるロシア(9)は、あまり出てきませんし、たいてい否定的な扱いです。薄情で口やかましい妻について、「汝の兄は完全に疎遠であり、その妻はロシア人のようだ」と表現されています。そして、もっとも絶望的でみじめな生活について、「虜囚としてロシアに住むのだ、牢獄がたりないというだけで」と語られています。

Ⅵ

ここまで、プロットを詳しくお話ししたり、面白い話を再現したりすることなしに、「カレワラ、英雄たちの土地」のスタイルと質について、それとなく解っていただけるように試みてきました。そのスタイルはもちろん、これまでお話ししたような信仰や社会の特徴すべてに、おおいに左右されるものです。しかし、全体を彩っている、もっと偶然で個別的な性質にまつわる、とても興味深い仕掛け［？］があるのです。それについては、わたしのとりとめもないお話を終える前に、ふれておく価値があると思います。

「過度の付加《スーパー・アディング》」とでも呼びたいような、興味深いものがあります。しばしば、ある陳述の後になって、次の行にそれを大きくふくらませたものが述べられます。そこでは往々にして、内容の細部や事実が大胆に変更されます。つまり、色や金属や名前が、それぞれの意味するところを個別に表わすためではなく、ただ感情的な効果を得るために、つみかさねられるのです。奇妙ですが、じっさい過剰なまでに、金と銀、そして蜜という言葉が使われ、それが各行のあちこちにまき散らされます。色の言葉は、それよりは少ないです。むしろ金と銀、月光と陽光、その両者にある強烈な喜びが頻繁に飛びだしてきます。

このような細部の魅力が数多くあります。災難よけの呪文、もしくは祈りは、より本質的なものです。それは、災厄もしくは災厄へのおそれに際して、たえずくりかえされます。五行から五百行まで長さはさまざまですが、五百行あるのが、イルマリネンの妻が歌う素晴らしい「牛の歌」です。また、同様に魅力的なのは、さまざまな「起源の歌」です——誰かの（何かの、と言わないのは、『カレワラ』ではじっさいにそんな区別などないからです）起源、誕生、祖先についての精密かつ詳細な来歴を知りさえすれば、災厄を防ぎ、その存在が起こした損害を癒し、またはそうならないように取り引きする力を持てるとされています。「鉄の起源」と「ビールの起源」の歌は、とくに魅力的です。

最後に——わたしたちの人工的な、かなり自意識過剰な現代の嗜好にとっては、あきらかに、これらの詩は、たやすく笑いを誘うものでしょうが（とくに、まちがった、もしくは凡庸な翻訳によって）——それでも、わたしはそんな態度でこの詩をご紹介したいわけではありません。たしかに、一定のユーモアはありますし（登場人物たちの会話などに）、それは当然、微笑んで然るべきものですが、もし「英雄たちの土地」の飾り気のない文の地味さに対して、わたしたちがあまりに傲慢に嘲笑するならば、実は「わたしたち」自身の弱さ、年齢のせいで鈍った、わたしたち自身の視力が笑われることになるでしょう。わたしたちがじっさい、とても新鮮で魅力的なものを見いだして、喜びのために笑うのなら別ですが。

しかし、単に魔法や冒険、風変わりな神話や伝説の面白い話、というだけではない部分があります。たとえ翻訳でも、真に詩的で魅力的な部分があるのです。この高度に詩的な感覚は、ルノのいたるところで、行や二行連《カプレット》(10)や、たくさんの行の集まりのなかから、頻繁にわき起こってきますが、あまりにも波があるので、華麗な詩節を引用してみても無意味です。エピソードも物語の設定も、フィンランドよりずっと有名な国々のバラッドと比べても、決しておとってはいません（しばしば大幅にすぐれています）。わたしたちが扱っているのは、民衆の詩なのです。技巧を過度に背負わされていない、無意識的で、むらのある詩なのです。

しかし、大地の喜び、その驚異、魔法が必要だという本質的な感覚、黄金の月、白銀の太陽（だとされています）をもてあそぶという、人類共通の気晴らし。こうしたものをこそ、『カレワラ』に求めるべきです。経めぐるべき全世界、ともに戯《たわむ》れる大熊座、ワイナミョイネンの呪《まじな》いで、白樺の枝に魔法のように懸かっている、オリオンと北の七つ星。華麗なる魔法使いの、外聞を気にせぬいにしえの悪漢について。そういう話をしましょう、沼地の国の小さなスオミの牧場《まきば》で、夕べに牛をつなぎ、「サウナ」に入る経験をしてから。

［正式な本文はここで終わっているようだが、以下のページはあきらかに続きであり、朗読すべき部分について、前おきと注釈が書かれている］

Ⅶ

引用

わたしが使用する翻訳は、「エブリマン」シリーズ（全二巻）のW・H・カービーによる訳です。カービーは、時として、散文的・口語的なまずい表現のせいで、不必要に文をふくらませてしまうようです。とはいえ、原文スタイルの非常なむずかしさは、当然、強調してもしすぎることはありません。わたしのみるところでは、カービーは可能なかぎり、各行を原文の各行と対応させるよう試みているようですが、だからといって事態は改善していません。しかし、ときたま、本当にとても素晴らしいこともあります。

もし、物語をご存じない方がいらっしゃるならば（そして時間が許せば）、わたしがなにか申し上げるより、この版の序文に書かれている、そっけないあらすじをそのまま朗読する方がいいかもしれません。

引用箇所

フィン人たちに人気があるのが、「アイノ」と「クレルヴォ」のエピソードです。

1）アイノ　ルノ・第三・五三〇行（くらい）から終わりまで。ルノ・第四（一四〇行～一九〇行）一九〇行～四七〇行

2）クレルヴォ　ルノ・第三一・一行～二〇〇行　第三四・一行～八〇行　第三五（一七〇行）一九〇行～二九〇行　第三六（六〇行～一八〇行）二八〇行～終わりまで

3）「牛の歌」（前出のページを参照）

第三二・六〇行～一六〇行　二一〇行～三一〇行
（ここには、「甘言で誘うこと」の古典的な例が出てきます。熊は、当然ながら農家の妻にとって、すべての動物のうちでいちばん憎むべきものです。こんなふうに、熊に語りかけます。第三二・三一〇行～三七〇行、三九〇行～四三〇行、四五〇行～四七〇行）

4）鉄の起源　第九・二〇行～二六〇行

5）ビールの起源　第二〇・一四〇行～二五〇行、三四〇行～三九〇行

6）サンポの鍛造　第一〇・二六〇行～四三〇行

7）大いなる雄牛　第二〇・一行～八〇行

8）ヨウカハイネン　第三・二七〇行～四九〇行

9）花嫁の悲嘆　第二三・二〇行～一二〇行、（一三〇行～一九〇行）
（二九〇行～四〇〇行）

◆注釈と解説

1　元来はこのソサエティのために書かれたものではありません

「論考への序文」を参照のこと。トールキンがこの原稿を初めて発表したのは、一九一四年一一月二二日、オックスフォード大学、コーパス・クリスティ・カレッジのサンダイヤル・ソサエティに対してであった。一九一五年二月に、エクセター・カレッジのエッセイクラブで、再度の発表を行っている。

2　本来の朗読者が急にだめになった

この「朗読者」というのが誰を指すのか、「だめになった」というのがどんな事情だったのか、これ以上の情報は得られていない。

3　文学（litterature）

［訳注・通常の綴りはliterature］トールキンは本文中ずっとこの綴りを使っている。主に"litt"という短縮形が使われている。

4　原文はどの翻訳とも大幅に異なっています

トールキンは、エクセター・カレッジ在学中に、『カレワラ』を原語で読もうとして、C・N・E・エリオットの『フィンランド語文法』を図書館から借り出している。かれはすでに、「妖精物語について」の稿本Aで表明されている理論、すなわち「神話は言語であり、言語は神話である」という考え方に取り組んでいたように思われる。

5　ステッドの『子どものための本』

イギリスのジャーナリスト、慈善家、政治家であるW・T・ステッドによって出版された、子ども向けの本のシリーズ。『子どものための本』は、古典や妖精物語、寓話、ナーサリーライムズ、英国史の大きな出来事、聖書の福音書などを再編集し、世界をよりよくするという目的を掲げて、すべて道徳的・キリスト教的な見地から出版したものである。『子どものための本』第一シリーズ（一八〇六～一九二〇年）は、トールキンと同世代の子どもたちによく知られていた。

6　インド・ヨーロッパ語族

インド・ヨーロッパ語族の理論は、一九世紀の比較言語学と神話学に由来し、音韻論的な比較対照と音の変化の原理によって、「インド・ヨーロッパ祖語」と呼ばれる仮説的な先史時代の言語を再構成した。このインド・ヨーロッパ祖語を祖先として、現在のインド・ヨーロッパ語族の言語が生じているとされる。フィンランド語は、ハンガリー語や（遠い関係ながら）トルコ語とも関係があるが、インド・ヨーロッパ語族ではなく、ウラル語族フィン・ウゴル語派に属する。

7　先に述べた、愛されているピンク色の表紙の本

「ピンク色の表紙」については、先のどこにも述べられていないが、トールキンが後にまとめたタイプ原稿のエッセイでは、ステッドの『子どものための本』がピンク色の表紙であったことが述べられている。

8　良き地ヴィンランドにやってきたトルフィン

トルフィン・カールセフニは一一世紀のアイスランド人で、「ヴィンランド」に入植地を作ろうと試みた人物。「ヴィンランド」は、その前にレイフ・エリクソンが命名した地名で、北米の北西海岸のどこかにあったと考えられている。トルフィンの遠征は、一四世紀のアイスランドの写本、ハウクスボーク（ハウク本）とフラーティヤールボーク（フラーテ島本）で言及されている。

9 **わたしが初めて『カレワラ』を読んだとき**

ハンフリー・カーペンターとジョン・ガースによれば、トールキンがカービーの翻訳を最初に読んだのは、一九一一年のある時期、キング・エドワード校の最終学年に在学中のことだった。かれは、その年の秋にオックスフォード大学に進学し、チャールズ・エリオットの『フィンランド語文法』をエクセター・カレッジ図書館から借り出している。

10 **翻訳のぎこちなさ**

トールキンがカービーの翻訳を気に入らなかった、というだけでなく、かれの提唱する「神話は言語であり、言語は神話である」（前出の注4「原文はどの翻訳とも大幅に異なっています」の項を参照）という理論からすれば、いかなる翻訳も原文の忠実な再現としては不適格ということになる。

11 **学位取得第一次優等試験《オナー・モデレーションズ》**

古典・学位取得第一次優等試験（Classical Honour Moderations）は、オックスフォード大学で古典の学位を取るために受ける、最初の一連の試験で、学生たちは、第一等《ファースト》（優）、第二等《セカンド》（良）、第三等《サード》（可）での通過をめざす。トールキンは第二等を取った。

12 **トロイラスのように……パンダラスを必要とする**

トールキンは、チョーサーの詩「トロイラスとクリセイデ」か、シェイクスピアの戯曲「トロイラスとクレシダ」のことを考えていたのではないかと思われる。どちらの作品にも、クレシダの叔父であるパンダラスが登場し、恋人たちの仲介人を務める。

13　奇妙な穴居人的物語

「穴居人」(troglodyte)の基本的意味は、「洞穴に住む人」ということである(ギリシア語のトログル＝「穴」に由来し、転じて「隠者」の意味となっている)。トールキンはおそらく、社会から隔絶されたような物語のことを言っていたのだろう。次の「アンダマン諸島」の項にある、アンドルー・ラングによる用法も参照のこと。

14　アンダマン諸島

アンダマン諸島はインドの領土で、インド洋上の、インドと東南アジアの中間に位置する。アンドルー・ラングは、『文化と神話』の中で二度にわたり、アンダマン諸島の住民について言及している。そのひとつめでは、こう尋ねている、「もし、第三の穴居人が、現代のアンダマン諸島の島民のようであったなら……木が自分より高いという事実に、畏怖を感じて立ち尽くし、静思しただろうか……?」(同書、二三三ページ)。そして次では、このように示唆している。「もし、宗教や神話の歴史をひもとこうとするなら、わたしたちはヨーロッパの非進歩的な階級が、オーストラリア人やブッシュマンや、アンダマン諸島の住人たちと共通しているのはどんな点か、吟味する必要がある」(二四一ページ)。触れておく価値があることは、トールキンがずっと後になって、「ベーオウルフ、怪物と批評家たち」(マイケル・ドラウトによれば、一九三三～三五年頃に書かれたと推測される)の草稿Aと草稿Bの双方で、同時代の批評家は「アンダマン諸島の住民を……アングロ・サクソン民族と」置き換えてよいだろう、と示唆していることだ(マイケル・ドラウト編『ベーオウルフと批評家たち』、三三ページ、八一ページ)。

15 ハウサ人の民話
ハウサ人は、ナイジェリア北東部とニジェール南東部にまたがる地域に居住する、サヘル地帯（サハラ砂漠の南に接する半乾燥地域）の住民である。『英国の民俗学者たち、歴史』で、リチャード・ドーソンはこう述べている。「一九〇八〜一九一三年の五年間で、ハウサの民俗学と言語に関する選集が四つも出版された」（三六八ページ）。ドーソンは、アーサー・ジョン・ニューマン・トリミアン少佐の『ハウサの民話』（一九一四年出版）を引きあいに出している。F・W・H・Mによる「ハウサの民話」と題された記事が『アフリカン・アフェアーズ』誌に掲載された（オックスフォード大学出版、一九一四年、XIII号、四五七ページ）。トールキンがこの原稿を書いていた時期に出版されていることから、これらの文献はトールキンにも入手可能だったと思われる。ここで表明されている比較神話学への懐疑的な見方は、トールキンが後に、エッセイ「妖精物語について」で述べる、比較というアプローチに対する同様に否定的な意見にもつながっていく。

16 マビノギオン
ウェールズ神話の偉大な文学的宝庫。大部分が、ふたつの写本として存在している。ルゼルフの白本（*Llyfr Gwyn Rhydderch*, AD 1300–1325）と、ヘルゲストの赤本（*Llyfr Coch Hergest*, 1375–1425）である。これは、レディ・シャーロット・ゲストによって一八三八〜一八四九年に、英語に翻訳された。トールキンは三冊とも自分の蔵書として所有していた。

17 ワイナミョイネン
太古の歌い手にして、もっとも歳を経た文化英雄、『カレワラ』の三大英雄のうち第一がワイナミョイネン。ほかのふたりは、鍛冶屋のイルマリネン、悪漢のプレイボーイ、レンミンカイネンである。ワイナミョイネンは、三人のうちで最初に生まれ、もっとも民俗的な存在だ。その特徴には、シャーマニズムの側面が見られる。

18　ペトログラードはフィンランドにあります

トールキンは政治的な面からではなく、地理的な面から述べている。とはいえ、フィンランドに関して言えば、一八〇九年にロシアの大公国となって以来、その両面はしばしば重なりあう。ペトログラード（一九一四年にセントピーターズバーグから改称された）は、フィンランド湾の先端、カレリア地峡のつけ根に位置している。カレリアは、フィンランド系の住民が多いが、現在フィンランドとロシアに分断されている。リョンロートが収集したルノの多く、特にクレルヴォに関するものは、カレリアで採取されている。［訳注・ペトログラードは、ソビエト連邦時代にはレニングラードと呼ばれ、その後サンクトペテルブルク（英語での発音がセントピーターズバーグ）の名称に戻っている。］

19　エリアス・リョンロートが一八三五年に選集を作る

一八三五年に、フィンランドの医者で民間伝承の収集家、エリアス・リョンロートが、収集した大量のルノ（歌）の中から抜粋して、選集を出版した。これが現在「古カレワラ」と呼ばれている。

20　リョンロートだけが収集者だったわけではありません

それ以前の収集家としては、ザクリス・トペリウス、マティアス・カストレン、ユリウス・クローンと息子のカールレ・クローンらがいる。完全な議論については、次の書籍を参照のこと。ドメニコ・コンパレッティ『フィン人の伝統的な詩』（ロンドン、ロングマンズ・グリーン、一八九八年）、ユハ・ペンティカイネン『カレワラ神話』（リトヴァ・プーム英訳、インディアナ大学出版、一九八九年）。

21　一八四九年に再び出版されました

増補された、『カレワラ』の標準的な版。これが現在ある、すべての翻訳の底本となっている。

22 「ハイアワサ」はインディアンの民間伝承を納めた真正な貯蔵庫ではなく、『カレワラ』から問題となる部分を削除しておとなしくやわらかくし……たものでしょう

この件に関するさらなる議論、また、その作品とトールキンの発明言語との関係については、トールキンとロングフェローについてのジョン・ガースの論文「翻案から発明への道」(『トールキン・スタディーズ』XI号、一〜四四ページ)を参照のこと。

23 ロングフェローの使っている名前は、しばしば、かれの発明にしてはあまりにも良すぎますから

『カレワラ』と「ハイアワサ」とトールキンのクエンヤ/クウェンヤに登場する名前同士の関係について、さらなる議論は、(前の項に挙げた)ガースの論文を参照のこと。

24 『カレワラ』が初めてスカンディナヴィア語とドイツ語に、立てつづけに翻訳された時期

実際、「立てつづけに翻訳された」という時期があった。まずは、「古カレワラ」(一八三五年版)がフィンランドのマティアス・カストレンによって、一八四一年にスウェーデン語に翻訳された。一八四五年には、ヤーコプ・グリムがルノ第一九の三八行を、ドイツの科学アカデミーへの発表に加えた。「新カレワラ」(一八四九年版)のドイツ語への完訳は、一八五二年にアントン・シーフナーによって出版された。

25 「詩篇の第百篇、あの偉大なる古きピューリタンの聖歌を歌っている」

トールキンの文の構造がわかりにくいため、誰が誰に対して、何について何と言ったのか、正確に理解するのは難しい。しかし、どうやら、『ロンドン・デイリー・ニューズ』紙に引用された「アメリカでの評価」が、ロングフェローの詩「マイルズ・スタンディッシュの求婚」について「英語すべてのうちで最も素晴らしい詩句のひとつ」をふくんでいるといって賞賛していた、ということらしい。問題になっている行は(トールキンは間違って引用しているが）求婚相手のプリスキラ・マレンズについて、「詩篇の第百篇、あの偉大なる古きピューリタンの聖歌を歌っている」と描写している箇所だ。トールキンのあからさまな皮肉の対象が何なのか、という点も同様にわかりづらく、その引用部分をアメリカで評価している者に対してなのか、『ロンドン・デイリー・ニューズ』紙の詩の好みについてなのか、ヘブライの詩篇を「ピューリタンの聖歌」とよぶロングフェローに対してなのか、はっきりしない。あるいは、そのすべてなのかもしれない。

26　イルマリネン

『カレワラ』の三大英雄のひとり。この名前は、「空」を意味するイルマ（ilma）に、職業を表す接尾辞リ（ri）がついてできている。「職人」を表すセッポ（seppo）、また「鎚を揮う者、鍛冶屋」を表すタコヤ（takoja）という異名を持つ。もともとは、空、すなわちフィンランド語のキリョカンシ（kirjokansi）「飾られた／色とりどりの蓋」の作り手である。また『カレワラ』で争いのもととなる、サンポという不思議な創造物の鍛造者でもある。

27　カウコミエリ

向こうみずなプレイボーイ、三大英雄の三人目であるレンミンカイネンの別名、または異名。マゴウンは、カウコミエリを「遠くさまよう心を持つ男」と訳している。フライブルクは「遠い心をもつ」と訳している。クーシ、ボズレー、およびブランチは「遠目のきく」または「誇り高い」と訳している。

28　「対話形式のやりとり」

民話や民間伝承の詩における、ひとつの慣例で、無生物なのに擬人化されたものが、声を持って自分の思いを語り出す。通常それは、人間の登場人物に向かって、あるいは人間の登場人物について語る。「ジャックと豆の木」の竪琴は、巨人にジャックが自分を盗もうとしていると告げるが、これが一例である。トールキンはこの定型を『ホビットの冒険』で使用している。そこではトロルの財布が、自分を盗もうとしたビルボに向かって喋る。

29　アハティとその妻であるヴェッラモは水の中に住んでおり

アハティは、レンミンカイネンの別名として出てくることがいちばん多いが、カービーはアハトについて、海と水の神の名であり、ヴェッラモの夫であるとしている。カービーによれば、ヴェッラモは「海と水の女神、アハトの配偶者」である。アハティはアハトの一変形であるが、時として水の神の名としても登場する。

［訳注］

（1）**崇高《サブライム》**

イギリス・ロマン派で重視された概念のひとつ。古典的で整った美しさの「美」（ビューティフル）に対して、恐怖を呼び起こすような荒々しい美しさを「崇高」（サブライム）と呼んだ。ここでトールキンは、グロテスクな要素が逆に魅力になりうる、ということを言うために、「崇高」という概念を持ち出している。ちなみに「ピクチャレスク」もこれに関連する概念である。

（2）**ガーゴイル**

主に西洋建築の屋根に設けられる、怪物・動物などの形をした彫刻で、雨樋から流れる水を排出する役割を果たす。大聖堂など、いわゆる西欧的な秩序を代表する建築物に、奇怪でグロテスクな付属物が設置されていることを、トールキンは指摘している。

（3）**イートン・カラー**

イギリスの名門パブリックスクール、イートン校の制服に由来する襟。折り襟の上に、糊のきいた幅広の白襟をつける。ここでは、キリスト教的な秩序ある世界から、一時的に逃避したいという願望について述べている。

（4）ホルシュタインにいたご先祖様

ホルシュタイン地方は、ドイツ北部、デンマークとの国境に近いユトランド半島のつけ根に位置している。ここの一部であるアンゲルン半島に住んでいたゲルマン系の「アングル人」が、やがて移動してブリテン島に上陸し、アングロ・サクソン民族の祖先になったと言われている。この民族が、フィンランドとスウェーデンの歴史において、具体的にどのような役割を果たしたのかは定かではないが、トールキンは、ここで述べる舞台となる地域の近くに、自分たち英国人の祖先がいたと指摘することで、興味を喚起しようとしていると思われる。

（5）ユーフォニー

快い音調を多用すること。響きのよい言葉、語呂のよい言葉を繰り返す。

（6）Enkä lahe... 以下の引用

ここで例として出されているのは、いずれもフィンランド語版の『カレワラ』の一部だが、引用部分もその解説も、エリオットの『フィンランド語文法』から、そっくりそのまま借用されている。ちなみに、引用されている『カレワラ』の該当箇所は、ひとつめが、『カレワラ』ルノ・第一一の五五行。もうひとつが、ルノ・第四八の一〇〇行である。どちらも、意味のある単語と共に、それと響きを合わせただけの、意味のない単語が挿入される、という例である。

（7）「ミネハハの死」

ロングフェローの詩「ハイアワサの歌」の一部で、英雄ハイアワサの妻であるミネハハの死を描いた部分。イギリスの作曲家、サミュエル・コールリッジ＝テイラー（一八七五～一九一二年）が、これを題材としたカンタータ「ミネハハの死」を作曲するなど、一般によく知られた挿話だった。

（8）ルノ・第一六

ここで言及されている「『樺の木』の嘆き」とは、実際は、ルノ・第四四で、ワイナミョイネンが新しいカンテレを作ろうとしているときのことであろう。ワイナミョイネンが出会う白樺が、自分の運命を嘆く場面が長く描かれている。この白樺から、新しいカンテレが作られる。ルノ・第一六は、トールキンが述べているとおり、船を作るための材木を探す場面だが、榛の木、松の木、樫の木が出てくるのみで、嘆きといえるような箇所もない。トールキンはこのふたつの箇所を混同していたと思われる。

(9) ロシア

ここで言及されている「ロシア」の語が登場する『カレワラ』の引用箇所は、ルノ・第二三・七七〇行と、ルノ・第二二・三二〇行である。

(10) 二行連《カプレット》

二行で一組の韻文のこと。同じ韻律を持つ。響きを合わせた詩行を二行一組にして対比させる。

『カレワラ』

［タイプ原稿］

　この論文は、元来はこのソサエティのために書かれたものではありませんが、お許しいただけることを願っています。わたしの今夜の主目的は穴埋めをすることですし、[1]本来の発表者が急にだめになったという状況ですが、できるかぎりみなさんに楽しんでいただきたいと思っています。さらにこれが、質として、受け売り的な性質のものであることも、お許しいただければ幸いです。とても論文としての質をそなえているとはいえません——むしろ、のんびりとお気に入りの本の背表紙をなでながら呟《つぶや》く、とりとめのない独り言のようなものです。もしもわたしが、これらの詩について語るのに、わたし以外、この部屋にいるだれもこれらの詩について聞いたことがないかのような話し方に、ひっきりなしに陥《おちい》ってしまうとしたら、わたしが以前この論文を朗読したときに、だれも経験したことのない不思議なチャンスに恵まれていたせいだと思ってください。そしてまた、わたしのお気に入りに対する態度がそうなのだと思っていただければ結構です。わたしはこれらの詩が大好きです。一般の読者にとって、あるいは、もっと興味深い脇道に迷いこんでいらっしゃる方々にとってさえ、ふだんなじみのあるものとはまったく似ていない文学[2]（Literature）です――これは、とても非ヨーロッパ的でありながら、ヨーロッパのみが生みだせる文学でもあります。

この名前で呼ばれているバラッド集をお読みになった方なら（とくにそれを、一部でもいいので、原文でお読みになった方なら――どの翻訳とも非常に異なるものですので）、同意してくださることと思います。たいていの人は、自国のもっとも古い書物が出た時代からずっと、さまざまな起源に由来する神話的な話、伝説、物語、英雄譚《ロマンス》などの一般的な型やタイプといったものに、慣れ親しんでいます。それは、さまざまなまがりくねった経路を通じて、古代ギリシアと南の国々から、北方諸国や荒々しいドイツ系の諸民族から、西方の島々といにしえのケルトの君主たちから（ケルトという語がなにを意味するにせよ）わたしたちのもとに伝えられています。そしてそれは、わたしたちの一部にとって、みずから進んで、あるいは素直に告白できる者にとっては、ステッドによるピンク色の表紙の（古代の、また不滅の伝説の宝庫である）『子どものための本』において、栄冠と歓喜を獲得しています。どれも、ある一定のスタイル、または味わいをそなえています。たがいに大きなへだたりがあるとしても、なんらかの類縁性があります。それは、人類の想像力が属する万国共通のコミュニティ以上のなにかであって、最終的にそれを語る語り手たちの民族がどれほど異なったとしても、インド・ヨーロッパ語族の言語を話す者の想像力には、なにか似かよったところがあると感じられます。もちろん、このピンクの本のシリーズにも、遠くから来ているものがふくまれていました。アフリカの黒人の心に由来する響きが、遙かなる異質な東方からのかすかな流れが。この世界にあるなにものも、厳密な線引きで定義したり、区切ったりすることはできません。ヨーロッパに関しても同じです。ヨーロッパは南東にフロンティアがあり、そこを越えて、影響が徐々に流入しています。半ばアジア的で、半ばわたしたち自身に近いもの、ヨーロッパではすみやかに同化されてしまって簡単には認識できない、セム族の言語や文化の影響が。しかし、それは古い物語です。極東から、ここにひとつのプロット以上のものがもたらされただろうか、あそこに古い物語の影がもたらされて、それがわたしたちの使える形に変わったのだろうか、などという議論を続けているうちに、みなさんは、あるよく晴れた日に、「カレワラ、英雄たちの土地」に行きあたるかもしれません。そうすればたしかに、まったくの新世界で、驚くべき新たな興

(1)

奮を味わうことができるでしょう。

わたしたちはダリエンの頂を避けて通ることにします。わたしがいずれにせよ沈黙を守っていられないから、というだけが理由だとしても——それでもみなさんは、新大陸に到達したコロンブスや、良き地ヴィンランドにやってきたトルフィン・カールセフニのように感じるはずです——それでうまくいくでしょう。新たに知りあう英雄たちは、スクレリング、あるいはアメリカ・インディアンたちより魅力的だからです。もちろん、新しい土地に最初の一歩を踏みだすと、もし望むなら、元いた土地との比較をすぐにも始めることができます。山があり、川があり、草があり、そのほかにもここには、向こうにあったのと同じようなものがあるでしょう。多くの植物や、ある種の動物は（とくに、野蛮で獰猛な人類などは）なじみ深く感じられるかもしれません——しかし、言葉にできないような新しさの感覚が、あまりにもあなたを楽しませるか、あるいは不安にさせるので、うまく比較できない、というのがおおいにありそうなことです。なじみ深いものにさえ、うっとりするような不思議さがあるでしょう。木々は、地平線上に一風変わった茂り方をしているし、鳥たちは耳慣れぬ音楽を奏でるでしょう。住人は、荒っぽい、最初は理解できない言葉を話すでしょう。この国と風俗についてよくわかってきて、土着の人たちと話せるようになれば、あなたは、この不思議な人たちや新しい神々としばらく一緒に暮らすのが、けっこう愉快であると感じるようになるでしょう。偽善者的なところのない世俗的でスキャンダラスな英雄たちや、ひどく情緒に欠ける恋人たちのいる、この民族と一緒に。なかには、残念に感じながらも、その国からいずれ帰らなくては、と考える方もいらっしゃるかもしれません。しかしながら、わたしがまだ考慮していない方々、申し分のない教育を受けた完璧な都会人で、ただひたすら最初の船を捕まえて、なじみの都市へ引き返したいと熱望する方々もいらっしゃるかもしれません。そういう方は、すぐにお帰りになるのがいちばんです。わたしはそういう方には、「土地」についても、その「英雄たち」についても弁護するつもりはありません。そういう方には、こんなことを言っても無駄だからです——もし、『カレワラ』の英雄たちがじっさい、奇妙なほど威厳や礼儀に欠けるふるまいをしたり、すぐ泣いたり、汚い仕打ちをするとしても、それは、かれら特有の魅力の一部なのだと！　結局のところ、かれらはじっさい、さほど威厳がないわけではありません（そしてはるかにつきあいやすいはずです）、中世の恋人に比べれば。中世の恋人というのは、愛する貴婦人が、自分に情けをかけず、弱って死んでしまうよう宣告するといって、その残酷さゆえに涙に暮れて寝こんだりしますが、かれの親切な助言者が、気の毒な貴婦人はあなたが思いを寄せていることをまだ全然知りませんよと指摘すると、その発想の新しさに驚いたりしています。『カレワラ』の恋人たちは、はっきりしていて、求愛を拒絶するための取り引きをします。トロイラスのように、代理として慎重に求婚してくれるパンダラスを必要とする者はいません。むしろ、結婚相手の母親たちが舞台裏で手堅い交渉をおこない、娘たちに対して、もっとも根強い幻想さえ打ち砕いてしまうような、皮肉な助言をするのです。

わたしが初めて『カレワラ』に出会ったときの経験は、とにかく、驚きと少しの戸惑いでした——つまりわたしは、ヨーロッパに住むインド・ヨーロッパ語を話す諸民族とのあいだに開いた、深い割れ目を飛び越え、奇妙な片隅で、いにしえの忘れられた言葉と記憶にしがみついている人たちの、この狭い領域へと入っていったのです。目新しさのせいで、わたしは不安になりました。特有の問題をまったく解決してくれていない翻訳のぎこちなさによって、扱いにくい塊に難渋しながら。苛立たしくもあり、なおかつ心ひかれもしました。そして読むたびに、だんだん居心地が良くなり、楽しめるようになってきたのです。それからわたしは、原語という砦に対して無謀な攻撃を仕掛け、最初は手痛い敗北を喫して退却せざるをえませんでした、し、決して戦果[3]をあげられたとはいえません。しかし、翻訳がまったくよろしくない、あるいは原語とあまり似ていないという理由は、理解しやすいものです——それは、英語からすると、方式も表現も、測りしれないほど大きなへだたりのある言語に取り組んでいる、ということなのです。フィンランド語は奇妙な言語で、「英雄たちの土地」にまさにふさわしく（それは自然なことです）、みなさんが慣れ親しんでいるなにものとも違います。これらの詩の物語が、みなさんがこれまで知っていた物語とは違うのと同様に。

「英雄たちの土地」が「フィンランドの国民的叙事詩《ナショナル・エピック》」である、という表現は、くりかえし耳にするものです。まるで、宇宙の法則として、すべての国家が（陰鬱な単語です）、国立《ナショナル》銀行、国の《ナショナル》政府にくわえて、国の《ナショナル》叙事詩、すなわち尊敬できる国であるというあかし、国家がたしかに存続しているという証拠となるものを正当に保有していると示さねば、連盟《リーグ》への加盟資格を認められない、とでもいうかのようです。フィンランドは、そんなものは持っていません。『カレワラ』は、まったくそういうものではありません。おそらく、叙事詩的な素材の集まりではあります（そこから困難を乗り越えて育っていく叙事詩を想像することはできます、たしかに）。しかし――ここが重要だと思うのですが――ある不幸な日に、それが叙事詩として扱われてしまえば、最高の喜びである部分がすべて失われてしまうでしょう。単なるストーリー、出来事そのものだけしか残りません。あの下生えとして生い茂っているもの、ストーリーや出来事が纏《まと》っていた、あの素晴らしい豊かさや華麗さはすべてはぎ取られてしまうでしょう。じっさい、「英雄たちの土地」は心愉しい魅力的な素材を集めたコレクションですが、こうしたものは、叙事詩の芸術家が登場すれば、またそういう芸術家を生みだすような高尚な時代になれば、他国では必然的に放棄され、最終的には「口承文学」からさえ失われて、うち捨てられて忘却へと消え去ってしまいました。『カレワラ』にはわずかながら、より偉大な詩歌が必要とする、もっと高い情緒性へと転じる可能性があると思われるような節やエピソードも登場はします。（たとえば）ホメロスではあっさり取り除かれてしまい、かつての存在の名残はわずかに、断片的にしか残っていないような、奇妙な穴居人的地下世界の物語や、太陽と月をもてあそぶ途方もないジャグリングや、地球や人間の姿形の起源について語る不思議な神話の総体――『カレワラ』の大部分はこういったものと比較されるべきなのです。叙事詩がテーマとする、大きく壮麗なものとではなくて。また、そこで意識される人間性《ヒューマニティ》とでもなくて。あるいはまた、サーガのいつもピンとはりつめた大気のなかで、ときおり顔を出してくる奇妙な物語《ウィアード・テイルズ》、驚くような幽霊、北方の想像力が生んだ魔法や脇道――こうしたものに、「英雄たちの土地」はなぞらえられるべきなのです。偉大なサーガが語るような、傲然たる威厳や勇気、心身の高潔さなどにではなくて。しかし奇妙で不思議議で、慎みがなく、グロテスクであることは、単に面白いというだけではなく、有益でもあるのです。それは永遠に、そしてつねに、人間が興味をいだき、魅力を感じるものです。「崇高《サブライム》」に到達するには、かならずしも、それを一掃してしまう必要はないのです。堂々たる大聖堂に怪物を象《かたど》ったガーゴイルがあってもよいのです。しかし、ヨーロッパは、ギリシアの神殿を建てようとしてばかりいるうちに、あまりにも多くのものを失ってしまいました。しかしながら、今夜わたしは、いささかも、崇高であろうとするつもりはありません――わたしはこの神話的バラッドのページをめくるだけで満足なのです――ヨーロッパの文学が何世紀にもわたって、全体としてはすっかり刈り取って、減らしてしまっている、あの非常に原始的な下草が、ここにはたくさん生えています。さまざまな民族がかつて持っていた、ほかとは違う、かつての完璧さとともに。これがもっとたくさん残っていたらよかったのにと思います――イギリス国民に属していた、これと同種のものが残っていたらと――しかし、わたしの望みは、ある非常に恐ろしく致命的な動機によるものではありません。科学とまじわって薄められたりはしません。人類学によるあらゆる疑惑から解放されています。このようなコレクションは、実のところわたしにはとても気になるのですが、人類学者や比較神話学者の遊び場になってしまいます。ここでかれらはしばらくおおいに楽しむでしょう――しかし、それ独自の方法としては価値があり面白いものであったとしても、かれらの娯楽や狩りは（わたしはしばしば懐疑的なのですが）わたしの現在の目的とはかけ離れたものかもしれません。チーズの製造過程が、わたしの目的とかけ離れて

いるのと同じくらいに。わたしの知る解説者たちは、これらの詩に多くの注釈をつけていま
す。たとえば、「この物語を、アンダマン諸島で語られている物語と比較せよ」あるいは、「こ
の信仰を、ハウサ人の民話で言及されているものと比較せよ」などと――しかしわたしたち
は、やめておきましょう。こうした注釈をつけても、証明できるのはせいぜい、フィンランド
人とアンダマン諸島の住人が、外見はかなり違っているもののたがいに近い類縁性を持つ動物
であるということくらいです。そして、そんなことは前からわかっています。わたしたちはむ
しろ喜ぼうではありませんか、失ってしまったかと恐れていた、こうした民衆の空想の貯蔵庫
に突然行きあたったということを。この貯蔵庫には、まだ調和する感覚にまで洗練させられて
いない物語が蓄えられているのです。その物語は、誇張に関してすら、しかるべき限界などと
いうものは考慮されていないし、なにが不適切かという感覚もありません（あるいは、たしか
にわたしたちの感覚とは違います）。わたしたちが時として、ここは不適切なほうが面白いの
では、と考える場合は別ですが。わたしたちは、この三千年の進歩の行程全体から、休暇をと
ろうとしています。そして、一時的に、ひどく非ギリシア的かつ野蛮人的《バルバロス》になろうとしていま
す――将来の人生が、地獄での半日休暇を用意して、イートン襟《カラー》と賛美歌から、すっかり離れ
させてくれたらいいのに、と願った少年のように。さしあたりわたしたちは、こうしたものを

分析するために、優越感で見下すような現代的な知性を適用するのはやめておきましょう。むしろ、対等な立場から、かれらの特別な精神へと分け入っていく試みをすべきです。解剖学者は独自の見解を述べることができるでしょうが、解剖学者の方が、ペットとして犬を飼っている人より犬のことをよく知っているなどと考える人はどこにもいないでしょう――しかしここで、ペットという言葉のなかに入りこんでいる優越感も、回避しておくべきです――わたしは犬を伴侶にしている人、と言うべきでした。わたしが自分に許可している唯一の分析は、自分自身の愉しい感覚のなかにそっとさぐりを入れ、これらの詩に感じる味わいをさぐることだけです。この土地の生活、風景、人々について、わたしが見せてもらったとおりに描写するよう、少々努力することです。

これらの荒々しい物語にみられる華々しい誇張は、学問的にいえばたしかに、百もの原始的な、また近代の文明化されていない地域の文学や、伝説のコレクションと比較することができるでしょう――しかし、それができたとしても、今のところはヨーロッパから出ないでおきます。というのも、これらのものがいかに荒々しく、非文明的で、原始的であっても、その雰囲気と風景は本質的に北ヨーロッパのものだからです。そして、わたしは喜んで百もの比較対照をさし控えることにしましょう。それでもやはり、『カレワラ』の抑制のなさや誇張表現は、たとえばマビノギオンのようなウェールズの物語や、その他ウェールズやアイルランドの似たような話を、ただちに思い起こさせます。しかし、実は、その実態はかなり異なっています。『カレワラ』では、往々にして、妖精物語のように限られたもっともらしささえ確保しようとはしないし、不可能であることを巧妙に押し隠そうともしません――ただ子どもが、木を百万本切り倒したとか、父親と同じようなだれか偉い人を殴り倒してやる、などと言っているときのような喜びがあるだけです。かれがじっさいにもう、警官を二〇人殺してしまっているのでないとすればですが。こうしたことはみな、なんとか信じさせようなどと考えているわけではないし、物語の語り手が駆使する、幻想という信じこみの魔法をあなたにかけようとしているわけでもありません。その喜びは、ふつうの人間が持つ可能性の限界について理解しはじめ、それと同時に、人間の空想や想像力の働きや、それによって創造する無限の力についても理解しはじめる、というところから生じています。そこに潜んでいるのは、まちがいなく、圧倒的な運命に対する人間の戦いというヒロイズムや、勝ち目がなくとも臆しない勇気です――しかし、あなたはその理由から耳を傾けるわけではありません。洗練されていない生き生きした空想が奮闘した産物として、それが気に入るかもしれないし、くだらないと思うかもしれません。もちろんウェールズの物語にもしばしば、はっきりと、同じような喜びがたえず存在しています。ピクチャレスクな嘘のなかに、息もつかせぬような力強く天翔る空想のなかに。しかし、逆説的ではありますが、ウェールズの物語はフィンランドの物語と比較して、はるかに不条理でありながら、はるかに不条理さが少なくもあるのです。ウェールズの物語は、かつての姿から（わたしたちが出会うときには）より遠く離れてしまっているゆえに、いっそうわけがわからなくなっています。多くの箇所で、[6]もはや理解できなくなった伝統が分厚く降り積もっています。もはやなんの意味もなくなった、長く連なる名前と、ほのめかすような言葉。語っていた吟遊詩人たちにとってさえ、それはすでに無意味なものとなっていました。わたしがいっているのがどういうことなのか知りたい方は、[7]キルッフとオルウェンの物語に出てくる、アーサー王の宮廷の英雄たちの一覧を見ていただければと思います。あるいはキルッフが、巨人[8]のイスバザデン・ペンカウルの娘オルウェンを娶《めと》るために、達成しなくてはならなかった、数々の無理難題の説明をごらんください。こんなおかしなものは、『カレワラ』にはほとんど、もしくはまったく出てきません。その一方で、ウェールズの物語は、はるかに不条理さが少なくもあるのです。というのも、そこで描かれる絵は、はるかに技巧的ですし、色あいはうまく、あるいは見事なまでに枠組みに沿って考えられていますし、登場人物は巧妙に分類されています。妖精物語特有のもっともらしさが尊重されていて、もし人がありえないような怪物を殺すなら、物語はその嘘にしっかりと固執します。「英雄たちの土地」では、人が、詩のある一行で巨大なヘラジカを殺しても、次の行ではそれを雌熊と呼んだ方が詩的だと思うかもしれないのです。おそらく、これをきちんと一貫させる必要はないのでしょう。しかしそれは、わたしが感じ取る『カレワラ』の雰囲気とはどういうものであるのか、お伝えしようと試みる機会となるかもしれません――わたしが感じ取ったことを、ご自身の知識から、ご自分で修正なさっても結構ですし、わたしが朗読させていただこうと思っている抜粋を参考に、修正されてもかまいません。みなさんの忍耐力がつきて、『カレワラ』の最後の数行がまさに至言だとお感じになるまで、わたしは朗読をさせていただこうと思っています。

流れる滝も
終わりなき水の流れを生むことはない、
熟練の歌い手も
すべての知識が尽きるまで、歌いつづけることはできない。

わたしが思うに、すぐに感じられるのは、文学的な、または芸術的な伝統という背景が存在しない、ということです。M［マビノギオン］には、たとえば、そういう背景があります。そこには長年の進歩の感覚、そして衰退の感覚もたっぷりあって、それが、一方では、忘れられた伝統的な名前や事柄によって物語の邪魔をすることになり、また他方では、きわめて精巧に調和した、あまり色彩の異ならないフィールドを生みだし、それを背景として、物語を演じる人物たちが際立って見えるという結果を生んでいるのです——しかし、その人物たちは、周囲をとり巻く素晴らしい色彩の枠組みとも調和していますし、透明にではなくとも、はっとするような形でとけこんでいます。[9] ケルトの物語が見せてくれるのと同じような、色彩のきわめて鮮やかな感じを持つものはほとんどありませんが、それでも、とくにこれに似た国民的な伝説文学には、なにか共通するところがあります——『カレワラ』はわたしからすると、そういう点はまったく感じられません。色彩、業績、驚異、英雄たちの人物像などすべてが、まっさらな素のキャンバスの上に、いきなり絵の具を飛び散らせる勢いで描きだされています。もっとも古いものの起源を語る伝説さえも、歌い手の、その瞬間の生き生きした想像力から生まれた、新鮮なものに感じられます。もちろん、路面電車《トラム》や銃や飛行機といった、極端な現代性はありません。英雄たちの武器はたしかに、いわゆる「古風な」弓や槍や剣ですが、同時に「今」を感じさせるところがあります。乾いた、非ロマンティックな刹那的な感じ、現在という感じがあって、それには心底驚かされます。ふとわれに返ってみれば、地球が小ガモの卵から創造されたり、太陽と月が山の中に閉じこめられたりという話をずっと読んでいるのですから。どんなものでも、買うにはある対価を支払わねばなりません。そしてわたしたちは、自分たちの国の物語に関して、比較的つじつまが合っていること、合理的であるということ、伝統がよりはっきり形になっているということを購入したのです。この魔法と、手垢のついていない新鮮さを代償として支払って。

　さて、これらの詩の起源についてわかっているのがどんなことかというと、わたしはあまり詳しくありませんし、知っている以上のことをお話しするつもりはありません。ワイナミョイネンが登場し、かれの大いなる弦楽器、カマスの骨でこしらえた「カンテレ」が作られて以来、わたしたちの知るかぎり、フィン人たちはつねにこの手のバラッドを愛してきました。そしてこの手のバラッドは、つきることのない熱意をもって伝承され、日々歌いつがれて、父から息子へ、息子から孫へと伝わって、今日《こんにち》に至っています。その「今日」について、バラッドがこんなふうに嘆いています、「歌は、過ぎし世の歌となり、いにしえの叡智の隠された言葉となった、その歌をすべての子らは歌わず、すべてが人の理解の及ばぬものとなった」。スウェーデンの影、そしてやがてロシアの影が、何世紀にもわたってこの国を覆ってきました。ペトログラードはフィンランドにあります。残念ながら、今も事態は大幅に改善したとはいえません。しかし、わたしたちにとって注目すべき喜ばしいことは、こうした「過ぎし世の歌」がなんとか、そこなわれずに残ってくれているということです。スウェーデンはついに、一二世紀にフィンランドを征服しました、フィン人を征服した、と言うべきでしょう――かれらの国は、現代のヨーロッパでは、はっきり定まった国境を持ったことがありません（いやむしろ、から）。それ以前には、北方のゲルマン系民族とのあいだに、たえず続く戦乱とたえず続く交流がありました。それはわたしたちの時代の始まりを越えた昔にまでさかのぼりますが、そこでは、ホルシュタイン地方とその島々に住んでいた、初めてイギリス（English）[4]という名を冠された人々も一定の役割を果たしました――とはいえ交流は、そんな遠い時代よりさらに前までさかのぼります。スウェーデンによる征服と、テュートン民族の騎士たちの剣に強いられて、キリスト教が徐々に導入されはじめました――別の言い方をすれば、フィン人は、中世ヨーロッパで最後まで残った異教の民族のひとつだったらしいということです。今日、『カレワラ』とそのテーマは、事実上、この影響にいまだ晒されてはおりません。そうした影響よりはむしろ、エッダに出てくるような、古代スカンディナヴィアの神話の方が強く影響していま す。最後に出てくる処女[5]マリヤッタの物語や、何度か言及されるユマラ、もしくは天の神ウッコについてなど、少しの点を除けば、キリスト教の存在の痕跡すらほとんど見られません。キリスト教の精神についてはまったく存在しません。それは、荒削りなマリヤッタの物語とキリスト教の信仰を比較すれば、だれにでもわかることです。もちろん、これらの詩が興味深い原始的なあり方、「未発達な」性質を持っているのは、そのおかげであるというのが大きいです。ただし、詩が感情面で哀愁を帯びていること、視野の狭い、地方にとどまった見方になっていることも、ある意味ではそのせいとも言えるでしょう——今のわたしたちにとってお祭り気分のように描かれる物事は、楽しげでないわけではありませんが。それからさらに七世紀にわたって、スウェーデンやロシアの支配にもかかわらず、そのバラッドは歌いつがれていきましたが、エリアス・リョンロートが一八三五年に、多くを収集し、その一部を選んで出版するまでは、書きとめられることはなかったようです。これらはすべて、フィンランド東部で収集されたもので、したがって現代の書き言葉のフィンランド語のもとになったのとは異なる方言が使われています。この『カレワラ』方言は今や、一種の詩的な慣習となりました。リョンロートだけが収集者だったわけではありませんが、かれが、一連の歌を緩やかにつながった形に連結することを思いついたのでした——結果からみると、これは少なからぬ技術を要することでしょう。かれが、このつなぎあわされた歌を、英雄たちの神話的な祖先であるカレワからとって、「英雄たちの土地、すなわちカレワラ」と名づけたのです。これは二五のルノ（歌）からなっていました。これが、新たに収集された素材をくわえて量が倍増し、一八四九年にふたたび出版されました。そしてほとんど時をおかずに、翻訳が出版されることになりました。

ここまで述べたことについていうなら、選んで編集したという点はあるにせよ、これらの歌がフィンランドの吟唱詩人たちの口から直接採取されたということは、覚えておいた方がいいでしょう。そして、選集ができたからといって、吟唱が途絶えてしまったわけではない、ということも覚えておくべきです。バラッドを歌うことは、今なお続いています（少なくとも先の戦争までは続いていました）。たまたまわたしたちのためにひとつの形をとった、ここにあるバラッドは、無数のヴァリエーションをもちえますし、今も変化を続けています。『カレワラ』も、決してフィンランドにあるバラッド文学のすべてではありません。リョンロートが収集したバラッドのすべてでもありません。かれは、収集したすべてをおさめた書物を、「カンテタール」すなわち「竪琴の娘」というタイトルで出版してもいます。『カレワラ』がここで異なっている点はただ、たがいに結びあわされて読みやすくなっており、大地と空の創造からワイナミョイネンの旅立ちにいたるまでの、フィンランドの神話の分野をほとんど網羅している、ということだけです。収集され出版された時期が新しいせいで、現代特有の「真に原始的なるもの」への渇望（多分、あまり健全なものではありませんが）をいだく人たちは、収集品が真正なものであるのかどうか、つい疑念を感じがちでしょう。読んで、疑いを払拭しましょう。贋物の古風さや偽りの原始的なるものがこれとまったく違うのは、オシアン[6]が中期アイルランド語の英雄譚《ロマンス》と違っているのと同様です。いずれにしても、これらの収集品が本物であるということに関しては、外的な証拠がじゅうぶんすぎるほどあります。じっさい、収集された年代が新しいことこそが、この宝物館が略奪されずに残った真の理由だというのは、おおいにありそうなことです。だからこそ、その抜け殻が、一八世紀風のやり方であらためて飾り立てられたり、絨毯を敷かれたり、洗って白くされたり、あるいは他の方法でそこなわれたりせずにすんだのです。それは偶然の配慮にゆだねられ、炉端で詩を収集する、仕事熱心な無学の天才がそれを扱えるよう残されました。そして、学者ぶった、教訓的な人々の手を免れたのです。さらに注目すべきことには、収集されて、ついには印刷によって複製される運命に遭っても、これらの詩は幸運にも、手荒に、もしくは道徳主義的に扱われずにすみました。なにか啓発を目的とした形にねじ曲げられることもなく、今なおじつに驚くべき読み物のままです。ヨーロッパの諸民族のなかでも、今、とくに律法に忠実で、ルター派の多い人たち、つまり現代の教養あるフィン人たちのあいだで、これほど広く読まれているのですから。そこには、中世アイスランドの司祭や司教たちが、キリスト教化以前のスカンディナヴィア人の勇猛なふるまいや、時としてスキャンダラスなトールとオーディンの冒険にいだいていた興味と、かなり共通するものがあります。実のところ、こんな言い方をしばしば耳にします。今も残っているヨーロッパの異教信仰は（わたしたちの聞かされているところによると）キリスト教やヘブライ的聖書主義の抑圧に対して、勇敢な聖戦を挑みつづけていて、『カレワラ』やそれと似た文学はその証拠である、と。これについて議論するのは、あまりにも現在の論点と目的からはずれてしまうことになるでしょう。しかし、古代の神々に対するわたしたちの態度について、なにか言っておきたいという誘惑はあまりにも強いのです。フィンランド人たちの態度、そう、これらの詩が収集された一世紀ほど前の、フィンランドの人たちの態度については議論しないことにしますが（かれらについては、よく知りませんので）、わたしはそれでも認める準備があります、古い神々に対する客観的な信念に近いものがなければ、わたしたちはあらゆる古い物語に宿る魔法的なものを、たしかに失ってしまうのだと。古い物語に宿っているものは、「みなわたしたちの理解を超えたもの」なのです。海とは、今なお詩的な意味では果てしないものである、などといってみても仕方がありません。なぜなら、海の詩を味わうことができる人々にとってこそ、地球が丸いということ、そして大西洋にははっきりした果てがあって、反対側には残念ながらアメリカが存在するということが、想像力のなかにたえずありありと居座ってしまうからです。とくにそういう人たちこそが、天体は天上的な生き物ではないことを、もっとも明確に理解します。現代の生活には秩序があり、かつてより保証されています。より穏やかな人づきあい、身体の必要が満たされる豊かさ、そして快適さ、破壊的でさえある贅沢。タバコ、医者、そして警察。さらにまた、(たしかにそれだけの価値のあるものですが)暗く残酷で汚らわしい迷信からの自由。こういったものを、わたしたちは代価を払って購入したのです――わたしたちの「西方」の海には、魔法の島々は存在せず、(フランシス・トンプソン[10]の言うように)「だれもふたたび、アポロが朝の最前線に立つのを見ることはなく、アフロディテが上空で、その黄金の巻き毛の長い輝きを解き放つのを見ることもない」のです。わたしたちは成長してきて、現実と向きあわねばならなくなりました。こうした古き事どもについての詩は、今なお不滅ですが、わたしたちはもはや、詩と信仰の両方に酔いつづけることはできなくなっています。わたしが前に述べた「休日」というのは、詩的・文学的な進歩から休暇を取ることです。長く蓄積された、文明化された伝統や知識の重みから休みを取ることです。退廃や後退をめざす運動ではなく、「土への郷愁」[11]でもなく――ただ、休みを取るのです。そして、もしこの休暇のあいだに、わたしたちが潮騒のなかにアハティ[12]の声を半ば聞き、陰鬱な魔法の国ポホヤを思って、あるいは、さらに暗い死者たちの領土トゥオネラを思って、半ば身震いするならば、それはやはり、自分の心のうちで、真の信念や宗教のためにとっておくのとはまったく別の部分でそれをするのです。いにしえのアイスランドの聖職者たちも、まちがいなくそうであったように。というのも、じっさいのところ、キリスト教徒のみが、アフロディテを完全に美しいものにし、魂を驚かせるものとしたからです。キリスト教徒の詩人や、あるいは、キリスト教の信仰について詳しく述べつつ、すべての感覚や芸術をそれに負っている者たちこそが、ニンフやドリュアスを形作ったのです。ギリシア人たちさえ、夢にも思わなかったような姿に。(7)ラトモス山の真の栄光は、キーツが作りだしたのです。

［次の文は、インクで手書きされている。］世界が年をとるにつれて、失うものも得るものもあります――現代の傲慢さと盲目によって、得るものばかりなのだ、などと考えたりはしないでおきましょう（そんなことにはならないでしょう、「英雄たちの土地」のような歌が残されているのをみれば目が覚めるでしょうから）、それでも、新《ネオ》・異教主義《ペイガニズム》(8)の迷妄によって、失うものばかりなのだ、などと考えることも慎むべきでしょう。

　意味があるかどうかわからない脱線から話をもどしますが、この詩の言語についてお話ししないことには、これ以上先に進めないような気がします。フィンランド語は、英語を話す者にとっては、いずれにせよ、ヨーロッパでとくにむずかしい言語のリストの上位に入ります。とはいえ、決して醜い言語ではありません。じっさい、同種の言語の多くがそうであるように、ユーフォニーが過剰にみられます。それがとても多いので、言語の音楽的要素は自動的にそこに費やされ、詩節の感情を高める余地が残らない傾向にあります。母音の調和と子音の同化と軟化が、通常の文法と日常の発話の絶対不可欠な部分であり、急に予期せぬ美しさが現れる可能性は低いです。これは、近い類縁性を持つエストニア語を除けば、ヨーロッパで事実上孤立している言語です。エストニアは、物語も血筋も、フィンランドと似ています。フィン・ウゴル語派に関する言語学は、ここで扱うべき関心事ではありませんが、その言語学によって、いくつか関係のある言語が発見されています。現代のロシアに存在する、ロシア系でない部族のいくつかの言語や、遠い関係ながら(きちんとした完全な類縁関係というより、むしろ型が似ているということですが)ハンガリーのマジャール語や、さらに遠い関係ながら、トルコ語などです。長年にわたる借用のプロセスを除いては、近隣のドイツやスラヴの言語とは、まったく関係がありません。その借用によって、古いスラヴ語、リトアニア語、ドイツ語の語彙がたっぷりふくまれており、そうした語の多くは、新しい土壌に根づき、本来の言語では何世紀も前に失われてしまったような形を今なお残しています——たとえば、フィンランド語の

「kuningas」（王）という語は、英語の「king」が、二千年前かそこらに持っていた形そのものである、と言語学者たちは想定しています。こうした借用があり、インド・ヨーロッパ語族に属する近隣の言語から絶え間ない文化的影響を受けてきて、その痕跡ははっきり残っていますが、それでもやはり、フィンランド語は、ヨーロッパのたいていの言語より、はるかに原始的な言語のままです（それゆえ、ふつう誤って信じられているのとは逆に、はるかに複雑なのです）。それは、英語のもっとも古風な方言でも考えられないほど柔軟《フレキシブル》で、流動的《フルイド》で、固定されない《アンフィクスド》状態を今も残しています。これほど驚くべき例を、ほかに探す必要はないでしょう。詩歌では、意味のない音節や、ときには意味のない単語さえも、ただ響きが心地よいからというだけで、自由に挿入されるのですから。たとえば次のような詩行です。

'Enkä lähe Inkerelle
Penkerelle Pänkerelle'　あるいは、

'Ihveniä ahvenia
Tuimenia taimenia'

Pänkerelleという語は、ただPenkerelleをこだまのように響かせているだけです。またIhveniäとTuimeniaは、ahveniaとtaimeniaを発語するきっかけとして、そのためだけに発明された語です。わたしは、この手のことが始終おこなわれるせいで、歌が、たまに意味のちらつくだけの、くだらない韻文《ライム》になってしまっている、と言いたいわけではありません。そうではなく、たとえ特別な効果や強調のためだとしても、こういうことがありうるというだけで、じゅうぶんにすごいことだ、と言いたいのです。採用される韻律は、大づかみには英語訳と同じです。原文は、英語から考えられるよりはるかに自由で、単調さは少ないですが。八音節からなる行に、だいたい四つの拍もしくは強勢があり、リズムは一様に強弱格、上拍は使われず、脚韻は踏みません。強勢もしくは拍のうちふたつ（通常、ひとつめと三つめ）が、とくに重要なものとして目立つ傾向があります。英語にフィンランド語と同じ効果を生むことが可能であるとするならば、これはご存知のとおり、「ハイアワサ」の韻律です。しかしながら、あまり知られていないことですが、その韻律のみならず、詩の着想や、物事や出来事のかなりの部分も無断借用されて「ハイアワサ」に使われました――「ハイアワサ」はじっさい、『カレワラ』から生まれた子孫ともいうべき初めての文学なのです。そして、わたしが先に述べた、フィンランドの歌の精神と性質について強調したり、説明したりするためには、この文明化された子孫と比較してみるのがいちばんでしょう。「ハイアワサ」はインディアンの民間伝承を納めた真正な貯蔵庫ではなく、『カレワラ』から問題となる部分を削除しておとなしくやわらかくし、インディアンの伝承のバラバラなかけらや、おそらく本物の伝説上の名前をいくつか使って色づけしたものでしょう――ロングフェローの使っている名前は、発明されたにしてはあまりにも響きが良すぎますから。ロングフェローの二度目か三度目のヨーロッパ旅行（デンマーク語とスウェーデン語を学ぶことが目的だったときです――ロングフェローは現代言語の教授でした）のいずれかが、『カレワラ』が初めてスカンディナヴィア語とドイツ語に、立てつづけに翻訳された時期にあたっていたのでしょう。

わたしが思うに、『カレワラ』のみが持つ悲哀は、その模倣者の作品中には、同等の似姿らしきものをまったく見いだせません。その模倣者は――優しく穏やかで、むしろ退屈なアメリカの名士、「エヴァンジェリン」の作者ですが、かれについて、『ロンドン・デイリー・ニューズ』紙は（わたしが今引用しているのは、アメリカでの昔の評価です）英語すべてのうちでもっとも素晴らしい詩句のひとつを生みだしたと認め、「詩篇の第百篇、あの偉大なる古きピューリタンの聖歌を歌っている」と評しています。この韻律は、（とくに英語では）このうえなく単調かつ薄っぺらですが、じっさいはうまく扱うならば、きわめて痛切な悲哀を表現できるはずです。たとえ、もっと荘厳なものは表現しきれないにしても。わたしが言いたいのは「ミネハハの死」だけではなく、『カレワラ』の「アイノの運命」や「クレルヴォの死」のことですが、そこでは、（わたしたちには）ほとんどユーモラスで純朴なものとさえ感じられる、神話的で信じがたいような周囲の状況によって、この悲哀が妨げられることなく、むしろ高められています。悲哀は『カレワラ』につねに存在するものであり、しばしば非常に真にせまり、痛烈です。よく出てくる題材のひとつは――荘厳なものではなくて、とてもうまく扱われている題材ですが――結婚に存在する別の側面、「いつまでも幸せに暮らしました」という型の文学が通常避けて通る部分、すなわち悲嘆と憂鬱です。望んで結婚する花嫁であっても、父の家を去り、わが家の慣れ親しんだものと別れるときには、悲嘆と憂鬱を感じます。その社会状況で、「英雄たちの土地」にみられるこの感情は、あきらかに、しばしば悲劇に近いものとなります。ここでは、結婚相手の母親たちは、よそで文学に描かれるよりずっと意地悪でしたし、家族は先祖伝来の家に何世代にもわたって住みつづけ、息子たちとその妻たちはみな、女家長の鉄の手が支配する下におかれたのですから。

とはいえ、悲嘆があろうとなかろうと、あなたがもし、だらだらと歌を歌いつづけるようなこの韻律の特徴にうんざりしてしまうとしたら（そうなりそうですが）、これが、そこにあった形のまま、たまたま書きとめられただけのものであることを、もう一度思いだしていただく必要があります――これらは本質的に、歌の歌、ただ歌うだけのものであって、竪琴で単調にくりかえされるひとつのフレーズに合わせて吟唱され、歌い手たちは拍子に合わせて、後ろへ、前へと身体を揺らすのです。

「われわれの手をつなごう、
われわれの指を結びあおう、
愉快な調べを歌おう、
最高の力をこめて、
・・・・・・・・・・・・・・・・・・・・
そしてわれわれの歌と伝説を呼び起こそう
ワイナミョイネンの帯について、
イルマリネンの鍛冶場について、
カウコミエリの剣の切っ先について。」

『カレワラ』はこんなふうに始まります。そして、単調に歌いつづける吟唱者たちが、リズミカルに身体を揺らすことについては、ほかのところでも何度も言及されています。こうした歌を一度でもこの耳で聴いてみたいと思いますが、まだその機会はありません。

これらの詩の宗教は――「言語」だの「韻律」だのというテーマでお話しした後で、今度は「宗教」となると、うんざりされる方もいらっしゃるでしょうが――じっさい、そんな呼び方をしてもよければ、それは豊かなアニミズム（多神教）です。これは、純粋に神話的な要素と切り離すことが困難です。つまり、『カレワラ』では、すべての家畜やすべての石、すべての木、鳥たち、波、丘、空気、テーブル、剣、そしてビールでさえも、はっきりした性格を持っています。それが、数多く出てくる対話形式のやりとりのなかで、奇妙な技巧とうまさで描きだされ、しばしばこの詩の不思議な魅力となっています。なかでも、とくに注目すべきは、クレルヴォが自分の剣の切っ先に身を投じて自殺する直前に、剣がクレルヴォに語った言葉です。剣が性格を持つとしたらきっと、まさにそこに描かれているような性格だろう、とみなさんも思うでしょう――残酷で皮肉な悪漢です。ルノ・第三六・三三〇行を見ていただければと思います。ほかにも、ふれておくべき例が少しだけあります。「樺の木」の嘆き、すなわちワイナミョイネンが船を作る材木となる木を探している場面（「ハイアワサ」にも似た部分がありますが、それは模倣であって、モデルとなったものを上まわってはいません）。（ルノ・第一六）。あるいは、レンミンカイネンの母が、失われた息子を探し求めて、出会うものすべてに息子の消息をたずね、月に、木々に、小道にさえも問いかけていくところ――相手はそれぞれ特徴的な役を演じて答えてきます（ルノ・第一五）。これはじっさい、これらの歌の本質的な特色のひとつです。ビールさえも、ときには喋るのです――その一節を、時間をとってお読みしたいと思います。「ビールの起源」についての物語です。ほんの一部だけご紹介しましょう。（ルノ・第二〇・五二二行～五五六行）。

「……さあ、焼かれたパンが供されて、粥の鍋はかき混ぜられた、
わずかしか時はたっていないが、麦酒《エール》が樽の中で発酵し、
ビールが貯蔵庫で泡立った――『さあ、だれかわたしを飲みに来ておくれ、
さあだれか味わいに来ておくれ、わたしの名声が伝えられるように、
わたしを称える歌が歌われるように。』そこで、かれらは吟唱者を探しに行った、
名高い歌い手を探しに行った、もっとも強い声を持つ歌い手を
もっとも素晴らしい伝説を知る歌い手を。最初に試されたのは鮭だった、

鱒の声がもっとも強いかどうか。歌うことは、鮭には向いていない、
カマスは伝説を吟じない。鮭の顎は曲がっている、
カマスの歯は隙間があいている。そこでまた、かれらは歌い手を探した、
名高い歌い手を探しに行った、もっとも強い声を持つ歌い手を、
もっとも素晴らしい伝説を知る歌い手を――そして、子どもを歌い手として選んだ、
男児がもっとも強く歌えるだろうと。歌うことは、子どもに向いていない、
喃語《なんご》を話していては朗唱もできない。子らの舌はねじれている、
その付け根は曲がっている。すると赤き麦酒は怒りだした、
そして新鮮な飲み物は、呪いの言葉を吐きはじめた、樫の樽の中で
銅の注ぎ口の背後で。「吟唱者を見つけられぬなら、
名高い歌い手を探せぬのなら、もっとも強き声を持ち、
もっとも素晴らしい伝説を知る者を見いだせぬなら、樽のたがをはね飛ばし、
塵の中に滴り流れてやるぞ……」

ここでわたしたちは、ビールが話しているのを聞き、ビールが、詩と歌の霊感をあたえる者

として自負心を持っているらしいのを感じ取ることができますが、それだけでなく、[13]フィンランドの吟唱詩人が、自分自身の仕事を褒め上げているのを聞き取ることもできます。中世のイギリスやフランスの吟唱詩人が、似たような宣伝文句のなかでふつうに使っている表現と比べれば、はるかに趣があり、はるかに巧妙で奥ゆかしい表現ではありますが。『カレワラ』では、ビールは大いなる熱狂の対象ですが、「麦酒《エール》こそは、賢明な人々のための、もっとも素晴らしい最高の飲み物である」という、よくくりかえされる表現には（詩のほかの部分でもそうですが）、よいものを使うのも適度に、というような慎みが感じられます。酩酊は、いずれにせよ、他の悪徳ほどは心に訴えなかったようです。よい酒の価値は、想像力を（そして舌を）解き放ってくれるところに見いだされ、それがしばしば賞賛されています（ルノ・第二一・二六〇行）。

「……おお汝エールよ、汝、美味なる飲料よ、飲む者らをふさぎこませるな。
人々を歌いつづけさせよ。黄金色に染まる口をもて叫ばせよ、
諸侯らが驚嘆するほどに、貴婦人らが思案するほどに。
歌はすでにとぎれかけ、陽気な舌は黙りこんでいる、

エールがまちがった材料で作られ、悪しき飲み物がわれらの前に置かれるなら、
詩人らは歌うことができず、最高の歌をかれらは歌わず、
われらの大切な客人らは黙りこむ、郭公《カッコウ》らも、もはや啼《な》きかわさない……」

しかしながら、こうした擬人化だけでなく、さらに神話の豊かさが存在します。すべての木、波、そして丘にも、それぞれのニンフや精霊がいるのです。それは、個別の対象物がそなえている性格とは、みたところ別物のようです。血と血管のニンフがいます。梯子《はしご》の精霊がいます。月とその子らが、太陽とその子らがいます（月も太陽も男性となっています）。おぼろげで畏怖を感じさせる存在であり、この詩のなかで、帝王のごとき威厳にもっとも近いといえる、森の神タピオと、その配偶者ミエリッキ、そして妖精のような息子と娘であるテレルヴォ、すなわち「やわらかく麗《うるわ》しい衣装をまとった森の小さな乙女」、そしてその兄弟である、赤い帽子に青い外套のニューリッキがいます。天にはユマラがいます（ユマラという名は聖書の神に使われますが、詩に登場するユマラは通常、大気と雲の神です）。そして、地下には、いやむしろ、不思議な川辺にあるほの暗い陰鬱な領域には、トゥオニがいます。アハティとその妻であるヴェッラモは水の中に住んでおり、そして、まだ数知れぬほどの、新しい不思議な

存在たちに出会うことができます——霜のパッカネン、災いの神レンポ、織ることとの女神カンカハタールなど——しかし、目録をすべてご紹介しても、これまで知らなかった方はインスピレーションがわかないでしょうし、もう知っている方は退屈なさるでしょう。ニンフの子孫たちと、妖精たち、ほかの存在たち（かれらを神々とよぶのはあまりふさわしくありません——オリュンポス的すぎますから）そして人間の登場人物たちとのあいだの区別は、ほとんどまったく定められていません。ワイナミョイネンは、非常に威厳のあるつねに変わらぬ古老で、最強の文化英雄であり（エストニアでは音楽の神とされています）、きわめて人間くさい嘘つきですが、そのかれは風の息子であり、大気の娘イルマタールの息子です。最高に悲劇的な、粗野な少年クレルヴォは、白鳥から二世代しか離れていないのです。

わたしは、大小の神々をとりまぜてご紹介していますが、それは「英雄たちの土地」の魅力に満ちた多様さがどんなものなのか、少しでもわかっていただくためです。もし、そんな神聖な英雄的人物たちと仲よくする気はないとか、仲よくできるはずがないなどと思われるなら、前にも言いましたが、わたしが保証しましょう、かれらは最高に魅力的なふるまいをしてくれます。かれらはみな、『カレワラ』のゲームの大事なルールを遵守します。そのルールとは、どんな些細なことであっても、正確な情報を告げる前に、少なくとも三回は嘘をつく、というものです。思うに、これは一種の定型、もしくは礼儀正しいふるまいということになったのでしょう。『カレワラ』ではだれも、四つめの発言までは信じられないのです（四つめの発言の前に、慎みぶかそうに、こんな前おきをするわけです、「さあ、本当のことをみんなお話ししましょう、最初は少し嘘をつきましたが」と）。宗教（もし、そうよんでもよければですが）と想像上の背景に関しては、もうじゅうぶんでしょう。

詩の現実の舞台、登場人物たちの主に行動する場所は、沼地の国、スオミ——わたしたちの呼び方でいうフィンランド——フィン人たちがしばしば使う呼び方では「一万の湖の国」です。そこに行ったことはありませんが、じっさいに行ったとしても『カレワラ』を読む以上に、この国を生き生きと目にすることはむずかしいでしょう——いずれにせよ、それは一世紀かもっと前のこの国であって、現代の進歩にそこなわれた国の姿ではないかもしれません。その詩には、土地への愛が漲《みなぎ》っています。沼地や広い湿地、そのなかには土地が隆起してできたような島があり、ときには頂上に木々が茂っていることもあります。沼地はいつも近くにあって、負けたり知恵くらべでおくれをとったりした英雄は、かならずそういう沼のひとつに放りこまれます。湖と、葦《あし》の柵にかこまれた住宅、そしてゆったりした流れの川が見えます。しじゅう釣りをしています。石積みの家々——そして、冬には、大地のあちこちに橇が走り、スノーシューズでもすばやくしっかりと動きまわる人々が見えます。

杜松《ねず》の木、松の木、樅《もみ》の木、ポプラ、樺《かば》の木がくりかえし言及されますが、樫《かし》の木はあまりなく、そのほかの木はめったに登場しません。最近のフィンランドがどうかはわかりませんが、熊や狼が『カレワラ』の重要な登場人物であり、そしてイギリスのわたしたちにはなじみのない、北極圏に隣接する地方の動物たちが多く登場します。文化はみな風変わりで、日常生活の色あいも珍しいものです。楽しみや危険は

［タイプ原稿はここで終わり、ページの最終行、文の途中でとぎれている。最後のふたつの単語、'dangers are'は、すぐ下に窮屈に押しこまれていて、その上の行と部分的に重なっている。まるで、筆者がタイプするのをやめる前に、紙が思いがけず足りなくなってしまったかのようだ。本文の下に、「テキストはここで中断」と、インクで手書きのコメントが書かれている。次のページに続くはずだったものは、結局タイプされなかったようだが、もしタイプされていたら、多少なりとも最後のページに沿ったものであっただろうと推察できる。最後のページは、手書き原稿の四分の三くらいにあたる。］

◆注釈と解説

1　本来の発表者が急にだめになった

トールキンが、五年から一〇年の間隔をおいて、二度も別の者の代理を務めたというのは、ありえないことではないが、信憑性にやや無理があるように思われる。とはいえ、原稿のこのヴァージョンが実際に発表されたという証拠はないので、冒頭の文は単に、前のヴァージョンから編集なしに引き写されただけかもしれない。

2　文学（Literature）

こちらの原稿では、tがひとつで綴られている。

3　戦果を挙げられた（**taken the position**）

軍事的な表現で、敵の砦を攻め落とすことを言っている。なんらかの政治的もしくは哲学的な立場（ポジション）を取る、という意味ではない。

4　奇妙な物語《ウィアード・テイルズ》

アメリカのパルプ・ファンタジー小説の雑誌（一九二三年に初公刊）のタイトルだが、この雑誌はイギリスでは広く流通しなかった。トールキンの「ほのめかし」(実際に、ほのめかしだったとすればだが)は、むしろE・T・A・ホフマンの作品集『奇妙な物語《ウィアード・テイルズ》』(J・T・ビールビーによって、ドイツ語から英語に翻訳され、一八八四年に出版された)を指していた可能性が高い。

5　これがもっとたくさん残っていたらよかったのにと思います——英国民に属していた、これと同種のものが残っていたらと

この発言は、ハンフリー・カーペンターの伝記において、トールキンがオックスフォードの学部学生であった時代と誤って結びつけられているが、一九一四年~一五年に(まだ学生であったとき、戦争に行く前に書かれた)手書き原稿の方には出てこない。この発言は、カーペンターが混同している、オリジナルの原稿とは別の文脈で語られているもので、だからこそ、トールキンの「英国のための神話」という芽吹きつつあった着想と結びつけられるべきである。この言葉は、一九世紀から二〇世紀初頭にかけて、西ヨーロッパと英国に広がったものの一九一四年の戦争で停滞していた、神話とナショナリズムのムーブメントについてのトールキンの反応である。そうした戦前のムーブメントからは、次のような作品が生まれている。ウィルヘルム・グリムの『子どもと家庭の童話』、ヤーコプ・グリムの『ドイツの神話』、ジェレミア・カーティンの『アイルランドの神話と民話』、モーとアスビョルンセンの『ノルウェー民話』、レディ・ゲストの翻訳によるウェールズの『マビノギオン』、それに加えて、エリアス・リョンロートの『古カレワラ』(一八三五年)と増補版の『カレワラ』(一八四九年)、ほかにも数多くの神話や民話の選集が出版された。

6　もはや理解できなくなった伝統

一九世紀から二〇世紀初頭にかけてのウェールズ神話に対する見方は、『マビノギオン』に関してもそうなのだが、物語の背後にある、かつては首尾一貫していたコンセプトが、時を経るうちに歪められ誤解されてしまっている、というものだった。そうなったのは、キリスト教が後からやってきたせいでもあり、キリスト教の制圧者たちがオリジナルの物語をよく知らなかったせいでもある、とされた。

7 キルッフとオルウェンの物語に出てくる、アーサー王の宮廷の英雄たちの一覧

アーサー王の宮廷のリストには、およそ二六〇もの名前が羅列されている。歴史上の名前も、伝説的な名前も、アーサー王の親族とされる名前もあり、明らかに空想的な名前もある。たとえば、(Clust mab Clustfeinad) すなわち「聞く者の息子、耳」、あるいは (Drem mab Dremhidydd) すなわち「見る者の息子、見ること」といった具合である。これを吟唱するのは、吟遊詩人にとって力業であったろうし、まだ語られていないたくさんの物語を思い起こさせるのも大変だっただろう。

8 イスバザデン・ペンカウル

巨人の長もしくは頭目であるイスバザデンは、オルウェンの父親で、キルッフはオルウェンに求婚する。イスバザデンがキルッフに課す試練は、恋人になる者を試すためではなく、殺すためのものである。このキャラクターは、ルーシエンの父であるシンゴルに少なからず影響している。シンゴルは、モルゴスの鉄の王冠からシルマリルを持ち帰るという務めを課すが、その試みによってベレンが死ぬことを期待している。

9 ケルトの物語 (Keltic tales) が見せてくれる

「ケルト」の綴りに関して、手書き原稿のエッセイで (Celtic) であったものが、改訂版のタイプ原稿では (Keltic) に変更されていることは注目に値するが、説明はない。どちらの綴りも、現代の辞書で認められている。それは多分、この単語が英語に二度入ってきていて、一度はフランス語経由でラテン語から、もう一度はドイツ語経由でギリシア語から入ってきているためだろう。Cの綴りはラテン語の (Celtae) に由来し、一六〇〇年代にフランス語の (Celtes) 経由で英語に入ってきた。Kの綴りは元の形は (Keltoi) で、ギリシア人たちがドナウ川、ローヌ側流域に住んでいた部族に与えた呼び名から来ているが、この語は一九世紀のドイツの言語学者たちに使用された。ピーター・ガリヴァー、ジェレミー・マーシャルと共に『言葉の輪、トールキンとオックスフォード英語辞典』を執筆しているエドマンド・ウェイナーが（個人的に）私に指摘してくれたところでは、トールキンは「この当時、かなり〈k〉を使用する時期だった——クエンヤの語彙は一貫して〈k〉を使用しているが、後にエルフ語で〈c〉へと移行した」とのことだ。

10　**（フランシス・トンプソンの言うように）「誰もふたたび……見ることはなく」**

フランシス・トンプソン（一八五九年～一九〇七年）は英国のカトリック詩人で、もっとも有名な詩としては「天の猟犬」があるが、トールキンはこの詩を賞賛していた。ここで引用されている詩の一節は、トンプソンの詩集『背教の詩人』で発表された詩、「新旧の異教信仰——過去の膨大な力と共に、死んだ過去を通して、異教精神の復興を試みる」の最終パラグラフから取られている。クリストファー・トールキンは、『失われた物語の書、第一部 *The Book of Lost Tales, Part One*』の注釈で、トールキンが「フランシス・トンプソンの作品を一九一三年と一九一四年に入手した」とコメントしている（同書、二九ページ）。

11　**「土への郷愁」（'nostalgie de la boue'）**

字義通りには「土への憧れ」を意味する。比喩的には、原始的な素朴なものに惹かれるロマンティックな感情などの、情熱を表現したものである。一般に自分より低いものと見なされている人々や文化に、より高い精神的な価値を見いだす。この態度は、一九世紀終盤から二〇世紀初頭にかけて広がりを見せたが、好古趣味の人たちが始めたものが、考古学者の発見に力づけられ、人類学が比較神話学、比較言語学を研究していくことによって、さらに活気づけられた。こうしたすべてが、古風で原始的なものはそれ自体で価値があるのだ、と考えることを後押しした。フォークロア（民俗）という言葉からして、フォーク（民衆）というのは自分たちとは違うのだ（教育程度も低い）という、見下すような仮定を伴っている。そのフォークロアという言葉が、この思考様式をよく説明している。

12 アハティの声を

手書き原稿版の方の注釈で、「アハティ」の項を参照のこと（本書一六六ページ）。

13 フィンランドの吟唱詩人が、自分自身の仕事を褒め上げている（cracking up his own profession）

自分の職業を賞賛する、褒め称える、の意味。トールキンは（crack）という語を使っているが、これは中期英語の（crak）（「大声の会話、自慢話」の意味）に由来する。トールキンはこの語を動詞として用い、方言的な言い回しの（crack up）という形で使っているが、これは「（人や物を）賞賛する、褒め称える」を意味している。ＯＥＤ（オックスフォード英語辞典）の定義8。

［訳注］

（1）**セム族**

中東に起源を持つ、アラブ人、ヘブライ人、エチオピア人等の諸民族。ヨーロッパでは、イスラム社会との交流によって文化的影響を受けたり、キリスト教を通じてヘブライ民族からの思想的、宗教的影響を受け入れたりということが、歴史の中で行われてきた。それはすでに同化されて、ヨーロッパの言語・文化の一部となっており、改めて区別するのは難しい、ということが述べられている。

（2）**ダリエンの頂を避けて通る**

イギリスのロマン派詩人、ジョン・キーツの詩「チャップマン訳のホメロスを初めて読みて On First Looking into Chapman's Homer」を踏まえた表現と思われる。キーツは、ジョージ・チャップマンの翻訳によって、ホメロスを初めて読むことができたときの感動を詩の形にした。この詩では、「ダリエンの頂」に立ったコルテス（アステカ帝国の征服で知られるスペインの航海者）が、初めて目にした太平洋を前に沈黙して立ち尽くす、という場面が描かれている。キーツは、ギリシア神話という新世界に入っていこうとする、自分の驚嘆の念を、コルテスになぞらえて書いているわけだが、トールキンはこれを踏まえて、『カレワラ』の世界を前にした自分が「沈黙を守れない」と、ユーモアを込めて述べている。ダリエンの頂を避けて通る、というのは、新世界を前にして立ち尽くすのではなく、さっそくそこに入っていこう、ということを言っているのだろう。

（3）スクレリング

ヴァイキング（ノース人）が、ヴィンランドで出会った異民族を「スクレリング」と呼んだ。ここでは、コロンブスが新大陸で「アメリカ・インディアン」に出会い、トルフィン・カールセフニが「スクレリング」に出会った、という流れで書かれている。

（4）イギリス（English）という名を冠された人々

アングル人（Angle）のことを言っていると思われる。手書き草稿の方の注釈（訳注（4）、一六七ページ）を参照のこと。

（5）処女マリヤッタの物語

『カレワラ』の結びとなるルノ・第五〇に、マリヤッタという名の少女が処女懐胎する物語がある。少女の名前からして、聖母マリアを連想させ、ここには明らかにキリスト教の影響が見て取れる。マリヤッタがキリストを思わせる子どもを産み、ワイナミョイネンが去っていく、という挿話は、キリスト教の到来により古い宗教がその座を譲る、という暗示とも取れる。ただし、トールキンも述べているとおり、『カレワラ』のマリヤッタの物語は、荒削りで素朴なものであり、必ずしもキリスト教的な色あいで描かれてはいない。

（6）「オシアン」

一八世紀のスコットランドの作家、ジェイムズ・マクファーソンが発表した一連の詩。古代の盲目詩人オシアンによるゲール語の英雄叙事詩を自分が英訳したものであると、マクファーソンは主張したが、その真贋について大きな議論が巻き起こった。アイルランドの伝説に登場する人物を、スコットランドの土着の英雄として活躍させていることも、問題視された。素材となったゲール語の詩が実在していたとしても、マクファーソンの加工や創作の度合いが高いと見られている。トールキンは、マクファーソンが人工的に作り上げたものと、中期アイルランド語のロマンスとはまったく別物であることを例に挙げて、贋物の古風さと、真に原始的なるものの違いについて伝えようとしている。

（7）ラトモス山

イギリスのロマン派詩人、ジョン・キーツは、その詩「エンディミオン」で、ラトモス山麓の羊飼いたちの君主、エンディミオンを主人公に、ギリシア神話の世界を描き出した。ラトモス山は、小アジア南西部のカリアにある山だが、キーツが想像力豊かに描くことによって、「真の栄光」を得た、とトールキンは称えている。

（8）新・異教主義（ネオ・ペイガニズム）

復興異教主義ともいう。キリスト教到来前の、土着の宗教を復興させようとする運動を指す。カトリックの信者であったトールキンにとって、土着の文化や文学に魅力を感じるからといって、古い宗教を「信仰」として再生させようとする考え方は、受け入れられないものであっただろう。

トールキン、カレワラ、そして「クレルヴォ物語」

「クレルヴォ物語」は、トールキンがたどった、翻案から発明への道程のなかで、欠くことのできない重要な一歩であった。その道程はやがて「シルマリルの物語」へといたることになる。「クレルヴォ物語」は、その中つ国《ミドルアース》を舞台とする創作神話のうち、三大物語のひとつ、トゥーリン・トゥランバールの悲劇的叙事譚を先どりする作品であり、インスピレーションの源でもあった。「クレルヴォ物語」自体を一連の作品の中に位置づけなければ、わたしたちはこのプロセスの最初（『カレワラ（カレヴァラ）』）と最後（トゥーリン）しか知らず、重要な中間部分を見落とすことになるだろう。

ハンフリー・カーペンターは、『J・R・R・トールキン――或る伝記』（菅原啓州訳、評論社、一九八二年）のなかで、トールキンのトゥーリン・トゥランバールの物語にみられるエピソードは、「『カレワラ』のクレルヴォの物語からかなり意識的にとられている」（『或る伝記』一一九ページ）と断言しているが、これは正しい。だが、同じ段落で、トゥーリンの物語に及ぼされた『カレワラ』の影響は「単に表層のことにとどまっている」と述べており（同、一一九ページ）、先の意見はこの判断と矛盾するように思われる。じっさいのところ、この判断は、「これと同種のもの」というトールキンのコメント（本書二〇七ページの注5を参照）の時期をカーペンターが勘違いしているのと同様、まったく的はずれである。『カレワラ』のクレルヴォの物語は、トゥーリンに対して、表層にはとどまらない深い影響をあたえているし、トゥーリンの物語の基礎、原型でもあるのだ。ただし、（当時は知られていなかった）トールキン独自の翻案というフィルターを通されてはいるのだが。カーペンターの伝記は、クリストファー・トールキンの編集による『シルマリルの物語』と同じ年（一九七七年）に出版された。この『シルマリル物語』によって初めて、読者はトゥーリンのサーガを知り、『カレワラ』のクレルヴォの物語と比較できるようになったのだ。

もっとも早く、その比較を実行した学者のひとりが、ランデル・ヘルムズだった。[*1] ヘルムズは『トールキンとシルマリル *Tolkien and the Silmarils*』で、『カレワラ』の物語が「変換を欲している物語」であると指摘している。しかし、トールキンの「クレルヴォ物語」を読むことができなかったヘルムズは、トールキンが影響から脱することを学びつつ、「好色で残忍な」（ヘルムズ、六ページ）『カレワラ』のクレルヴォから、トールキンの伝説体系に登場する、愛嬌はあるが強情で頑迷なトゥーリン・トゥランバールへと、源泉となった人物を変化させた、

---

*1　包括的な議論については、以下の書籍や論文を参照のこと。ランデル・ヘルムズ『トールキンとシルマリル *Tolkien and the Silmarils*』Boston: Houghton Mifflin Company, 1981。J・B・ハインズ「J・R・R・トールキンは本当はサンポをどうしたのか What J.R.R.Tolkien Really Did With the Sampo」*Mythlore* 22.4（#86）（200）69-85。B・ナップ「『カレワラ』のユング的読み A Jungian Reading of the *Kalevala* 500-1300：フィンランドのシャーマニズム――家父長的老人 Finnish Shamanism - the Patriarchal Senex Figure」パート1 *Mythlore* 8.3（#29）（1981）25-28、パート2「アーキタイプ的シャーマン／英雄 The Archetypal Shaman/ Hero」*Mythlore* 8.4（#30）（1982）33-36、パート3「アニマのアーキタイプ The Anima Archetype」*Mythlore* 9.1（#31）（1982）35-36、パート4「結論 Conclusion」*Mythlore* 9.2（#32）（1982）38-41。チャールズ・E・ノード「『シルマリルの物語』の構造について On the Construction of "The Silmarillion"」と、リチャード・C・ウエスト「トゥーリンの*Ofermod*（尊大さ）Turin's *Ofermod*」いずれも*Tolkien's Legendarium: Essays on the History of Middle-earth*, ed. Verlyn Flieger and Carl Hostetter, Westport, Connecticut: Greenwood Press, 2000 所収。トム・シッピー「トールキンと異教の魅力、エッダとカレワラ Tolkien and the Appeal of the Pagan: *Edda* and *Kalevala*」と、デイヴィッド・エルトン・ゲイ「J・R・R・トールキンと『カレワラ』J.R.R.Tolkien and the *Kalevala*」と、リチャード・C・ウエスト「トールキンと神話の発明『物語にロケットを発射すること』'Setting the Rocket off in Story' in *Tolkien and the Invention of Myth*」いずれも、ed. Jane Chance. Lexington: University Press of Kentucky, 2004 所収。アン・C・ペティ「イギリスのリョンロートを特定する Identifying England's Lönnrot（*Tolkien Studies* I, 2004, 69-84）

としかいえなかった。こうして、源泉としてのクレルヴォへの興味はゆっくりと増していったが、トールキンの未発表の物語を飛ばして、『カレワラ』から直接『シルマリルの物語』へと結びつけようとしたことから、必然的に批判的な論評が伴っていた。当然予想できる結末として、トム・シッピーほどの卓越したトールキン研究者でさえも、「（トゥーリンの）物語の基本的なあらすじは、『カレワラ』の『クレルヴォ物語』をかなりとり入れている」と述べつつも（『中つ国への道 *The Road to Middle-earth*』二九七ページ）、その類似点は、破滅した一族、養い子、妹との近親相姦、剣との会話、そこまでにとどまる、と断じている。

時代が二〇世紀から二一世紀へと移るとともに、議論のペースは加速していった。チャールズ・ノードは、こう述べている。「クレルヴォがトゥーリンの起源となった、というかぎりにおいては、ある意味、これはトールキンの伝説体系の始まりであったが、それはただ、将来書かれる作品の雛型として、ということだ（『トールキンの伝説体系 *Tolkien's Legendarium*』三五ページ）。それ以上の証拠がなかったのだから、学者たちも当然、そうした結論を下さざるをえなかったのだ。リチャード・ウエストは、全体としてはカーペンターやヘルムズに同意しつつも、「トゥーリンの物語は、クレルヴォ物語の再話であるにとどまらない」と述べ、「もしもっとも初期のヴァージョンをみることができるならば、まちがいなく、トールキンは、本人が述べているとおり、そのような形でスタートしたが、ある時点から古い伝統のなかで新しい物語を語ることに転向していったのだとわかるはずだ」(同、二三八ページ)とつけくわえた。アン・ペティは、それよりだいぶ後年の記事「イギリスのリョンロートを特定するIdentifying England's Lönnrot」(『トールキン・スタディーズ』I号、二〇〇四年、六九～八四ページ)のなかで、トールキンを『カレワラ』の編纂者エリアス・リョンロートと比較し、このふたりの神話作者が、物語の要素を独自に構成しテキスト化するにあたって、先行する源泉をどのように利用したか、という点に注意を喚起した。リョンロートは、もっと前の民間伝承の収集家たちだけではなく、実際のルノの歌い手たちも源泉としたが、トールキンの源泉は(ペティの知るかぎりでは)自身の作品内に登場する、創作された吟遊詩人や筆記者や翻訳者のみであった、というのがペティの見方だった。ヘルムズ、シッピー、ウエスト、ペティらはみな、知りえなかったのだ。このきわめて神話的な、過渡期的な物語と過渡期的なキャラクターが存在し、変換に大きく寄与したということを。

一九八一年に『J・R・R・トールキン書簡集』が出版されると、より多くの情報が得られるようになったが、事態はあまりはっきりしなかった。手紙は、さまざまなシグナルを発していたし、少なくともトールキンが、『カレワラ』が自身の神話にとって比較的重要であることについて、複雑な心境をのぞかせていたのはわかったはずだ。トールキンは「フーリンの子ら」について、クレルヴォの物語は「悲劇的な結末を除いては完全に変えられている」という断り書きをしているが（『書簡集』三四五ページ）、もしかするとこの発言が、カーペンターの「単に表層のことにとどまっている」というコメントを促したのかもしれない。とはいえ、トールキンが自分自身の創作を特別なものとしたい、自分の物語が源泉からは独立したものであると示したい、と望んだのは理解しうることだが、トールキンの書簡には、ほかに『カレワラ』に関するもっとポジティブな言及がいくつもあって、それがまた別の印象をもたらす。たとえば、その神話は、自分に「おおいに影響した」（一四四ページ）。その言語はまるで「素晴らしいワイン」のようだった（二一四ページ）。「フィンランド語は、もう少しで学位取得第一次優等試験をだいなしにするところだった」（八七ページ）。『カレワラ』が「物語にロケットを発射」させた（二一四ページ）。それは「シルマリルの物語の最初の萌芽」だった（八七ページ）、といった言及だ。もちろん、疑いようもなく、トゥーリン・トゥランバールは、それ自体で完全に生き生きと作り上げられたキャラクターであるし、『カレワラ』のクレルヴォよりもずっと深みがあり、よく創造されていて、まったく別の文脈におかれている。その点では、物語は「完全に変えられている」と言っても誤りではないかもしれない。だが、欠くことのできない重要なステップが見過ごされている。クレルヴォという人物は、『カレワラ』とトゥーリンの間の、発達段階を通って受けつがれていったのだ。「クレルヴォ物語」は、その伝達の鎖をつなぐ「ミッシングリンク」なのだ。その橋を渡って、トールキンは「英雄たちの土地」から中つ国《ミドルアース》へと到達した。トールキンがそれをどのように渡ったのか、また、何を持って行ったのか、というのが、わたしの議論のテーマである。

トールキンが『カレワラ』を最初に読んだのは、W・F・カービーの英語訳によってであるが、一九一一年、バーミンガムにあるキングエドワード校に在学中のことだった。トールキンは、この作品自体から強烈な印象を受ける一方で、カービーの翻訳には複雑な反応を示した。それについて「カービーの貧弱な翻訳」(『書簡集』二一四ページ)と言及しているが、ある点では「オリジナルよりも面白い」(『書簡集』八七ページ)とも述べている。その両方の見方に後押しされて、トールキンは、一九一一年一一月に、エクセター・カレッジ図書館からエリオット著の『フィンランド語文法』を借り、『カレワラ』を原語で読めるようにフィンランド語を学ぼうと試みることになった。カーペンターも(ボードリアン図書館 MS Tolkien B 64/6, folio I。『或る伝記』九三ページ)、スカルとハモンドも(『クロノロジー *Chronology*』五五ページ。『ガイド *Guide*』四四〇ページ)、「クレルヴォ物語」が書かれたのを一九一四年としている。これは、トールキン自身が、このプロジェクトを始めたのが一九一二年のいつかであると述べているのによるものだ。一九五五年のW・H・オーデンへの手紙では、「カレワラの一部、とくに悲運のクレルヴォの物語をわたし自身の形に再構成」しようとする試みの年代を、「学位取得第一次優等試験の時期……つまり一九一二年から一九一三年にかけて」の頃としている(『書簡集』二一四～二一五ページ)。

トールキンの年代に関する記憶は、かならずしも完全に信頼することはできない。たとえば『指輪物語』の執筆を「一九三六年から一九四九年にかけて」としているが(『指輪物語』第二版の序文)、『ホビットの冒険』自体は一九三七年九月になるまで出版されてはおらず、『指輪物語』は『ホビットの冒険』の続編として始まり、当初は「新しい『ホビット』」と呼ばれていたものであり、その執筆開始はじっさいはその年の一二月になってからだった。そもそも、一九一二から一九一三年と記しているオーデンへの手紙は、その「時期」から四三年ほどもたってから書かれているのだ。とはいうものの、「学位取得第一次優等試験」(Honour Moderations＝学位の取得希望者が受験する二回の試験のうち一回目で、一連の論文課題からなる)について二度も言及しているのは注目に値するし、かれの受けた教育のなかで、ある特定の時期を指し示している。トールキンは一九一三年二月の末頃に、学位取得第一次優等試験を受けた（『或る伝記』邦訳、八〇ページ）。第一次優等試験の「時期」というのは、それに先立つ時で、遅くとも一九一三年の一月までであるだろうし（これは、エディスに再度の求婚をおこない、自分と結婚するよう説得した時期でもある）、もっと可能性が高いのは、前年である一九一二年の後の方の月ということになろう。トールキンはまた、この頃にクエンヤ語の発明の初期段階にあったようで（カール・ホステッター、個人的に伝えられた説）、物語に登場する独自に創作された名前は、フィンランド語の形と音韻を真似ていると同時に、初期のクエンヤ語の語彙とあきらかに似かよっている。

このように教科課程外の興味に熱中し、（うまくいかなかったとはいえ）フィンランド語を独学しようとしたり、クレルヴォの物語を「再構成」しようとしたり、クエンヤ語を発明したりしたことは、先に引用したオーデンへの手紙でトールキンが「放校されないにしても、あと少しで奨学金を止められるところだった」（『書簡集』二一四ページ）と告白していることを十分説明してくれるに違いない。しかしながら、こうして「文学と言語」をじっさいに結合させるという初めての試みは、トールキンがその後の人生を通じて、断固としてたもちつづけることになる信念を具体化するものだった。すなわち、「神話は言語であり言語は神話である」（トールキン『妖精物語について *On Fairy-Stories*』原書（増補版）、一八一ページ）、そして、その両者は対立する極ではなく同じコインの表と裏である、という信念だ。この頃は、トールキンの人生が発見に満ちていた時期であり、そういう発見がたがいに燃料を注ぎあって興味をかき立てていた。ずっと後年になってトールキンは、『指輪物語』の読者にこう書き送っている。「まさに、一九一四年の戦争がわが身に降りかかってきた時期に、わたしは発見したのです。『伝説』はそれが属する言語に依存する。しかし、それと同様に、生きている言語というものは、それが伝統によって伝える『伝説』に依存するのです」(『書簡集』二三一ページ)。結果的には、かれは望んでいた優等《ファースト》ではなくとも、第二等《セカンド》で、学位取得第一次優等試験に合格し、それにより、奨学金を失わずにすんだし、ありがたいことに放校処分も免れた。ただし、古典から英語学・英文学へと専攻を変えるよう説得されることになった。そして、長い目でみれば、勝利を収めたのは伝説と言語であった。というのも、『カレワラ』と、フィンランド語から生まれたクエンヤ語、「クレルヴォ物語」、そしてトールキンの「クレルヴォ」が、トゥーリンへ、そして「シルマリルの物語」へとつながっていったからだ。そして、「シルマリルの物語」が『ホビットの冒険』を経由して『指輪物語』へとつながっていったのだ。

ハンフリー・カーペンターが、手書き原稿の年代を一九一四年としたのは、トールキンが一九一四年のエディス宛ての手紙で次のように述べているのを根拠としたのだろう。「[カレワラの」物語のひとつを、モリスのロマンスのように、どっさりの詩をちりばめた、ひとつの短編に書きなおしてみようとしているところだ——これはじっさい、非常に素晴らしい物語で、きわめて悲劇的だ」(『書簡集』七ページ)。しかし、創作の火花がどのように散るかというじっさいの動きは、見定めるのがむずかしいものだ。いつ、どこで、どのように、物語を語りたいという衝動が生じたのだろう? だれかほかの作者の書いたものを読んでいるときに「自分にもできる」と思う瞬間が訪れたのか? 真夜中に心の電球がパッと点るような体験をしたのか? 封筒の後ろに書きつけたメモが始まりか? 紙ナプキンに走り書きした一文からか? トールキンはインスピレーションの日常的な性質を認識していて、後年になってから(一九五六年)次のように書いている、「この手の作業は、ほかのレベルで進行するものです(より低い、より深い、より高いレベルなどという言い方をすれば、まちがった色づけをすることになるでしょう)。人が初対面の挨拶をしているとき、あるいは『寝ているとき』でさえも」(『書簡集』二三一ページ)。「クレルヴォ物語」に関しては(『ホビットの冒険』が、トールキン本人が述べているように、試験答案の裏に書かれたのとは違って)、わたしたちはおそらく、その成立を正確に知ることはできないだろう。

書きはじめの時期を、いちばん早くて一九一二年の終わり頃とし、いちばん遅くてカーペンターのいう一九一四年と考えるなら、わたしたちは「クレルヴォ物語」を新人作家の作品とみなすことができる。この物語に関する、トールキンの直接の意図がどうであったにせよ、これが後年の作品にどんな貢献をしたにせよ、後からふり返るなら、技術を学びつつ、既存の素材を意識的に真似していた作者の試作品であったと理解するのがいちばんいいだろう。カーペンターが指摘しているように、またトールキンがわざわざ認めているように、物語のスタイルはウィリアム・モリス、とくに『ウルフィングの家』に負うところが大きい。モリスのこの作品自体も、物語の散文が頻繁に「どっさりの」詩的な語りに道をゆずるという、混淆したスタイルとなっている。トールキンの物語は、そのモデルと同様に、わざわざ古風な文体になっていて、詩的な倒置（名詞の前に動詞が来る）や、擬古的な言いまわし（hasの代わりにhath、doesの代わりにdothを使ったり、"he thought"の代わりに"him thought"と言ったり、"treated"の代わりに"entreated"という古語を使ったりする）があふれている。また、どんどん長くなる、さまざまな人物の語る韻文が間にさしはさまれている。こうしたスタイルの特徴の多くは、『失われた物語の書 *The Book of Lost Tales*』パート2所収の「コテージ・オヴ・ロスト・プレイThe Cottage of Lost Play」のような、トールキンの創作神話の初期作品に受けつがれているし、トム・ボンバディルのリズミカルな、歌うような台詞にも影響をあたえているといっていい。

わたしたちがこの時期を、トールキンの創作人生全体のなかに位置づけるならば、その後の創作が発展していく各段階に、ひとつのパターンがあるとわかる。どの段階でも、同じ興味と手法がみられるが、それぞれ独自の特徴がある。「クレルヴォ物語」がとても若い青年の書いたものなのだ、と理解するのは重要だ。書きはじめたのは二〇歳かそこらであり、書きやめたのも、歳がいっていたとしても二二歳だった。『指輪物語』は四〇代か五〇代の中年男性の作である。そして最後の作品、「星をのんだかじや」(一九六四～一九六七)は、七〇代前半の男性が書いたものだ。時間の経過に伴う似たような変化は、「シルマリルの物語」関連の文書の改訂作業にもあらわれている。もっとも初期段階の作である「コテージ・オヴ・ロスト・プレイ」から、中期の作である「アカルラベースAkallabêth」や「ノーション・クラブ・ペイパーズThe Notion Club Papers」、「ヌメノールの没落The Fall of Númenor」へ、そして後期の深い哲学的な黙想となる「アスラベース・フィンロド・ア・アンドレスAthrabeth Finrod ah Andreth」や「エルダールの法と慣習Laws and Customs Among the Eldar」まで。

「クレルヴォ物語」は、まちがいなく「シルマリルの物語」より前の時期に位置するものだ。あらゆる証拠が、これはトールキンのフランス従軍(一九一六年)より前に書かれたことを裏づけているし、フランスからの帰還後に起きた爆発的な創作の時期（一九一七年から一八年）より三年は前となる（その爆発的な時期に、偉大な物語のもっとも初期のヴァージョンが生みだされることになった）。「妖精の国の岸辺 the Shores of Faëry」や「エアレンデルの航海 The Voyage of Éarendel」という、トールキンがみずからの神話の先駆けであると後に認めている同時期の二作品のように、はっきりとした証拠はないものの、「クレルヴォ物語」もやはり、後の大作の先駆けとして同じくらい重要な作品とみなすべきだろう。「クレルヴォ物語」を書いたとき、トールキンは「シルマリルの物語」をまだ思いついてはいなかったかもしれないが、「シルマリルの物語」を書きはじめたときにはまちがいなく、「クレルヴォ物語」を念頭においていたはずだ。この初期の作品は、トールキンの作家としての進歩において、真に重要な一歩であった。この作品は、一九一七年の「トゥランバールとフォアローケ Turambar and the Foalókë」と、後年になって書かれたヴァージョンに、本質的な貢献をしている。一九一七年の「ティヌーヴィエルの物語」と、その後年のヴァージョンに対しても同様である。「クレルヴォ物語」は、これらの作品に、驚くような形で重要な特質を供給している。これは、『カレワラ』という源泉と伝説体系とのあいだを、振り子のように行ったり来たりしたトールキンの創作において、中心の支点となった作品であり、それ自体が、伝説体系の源泉でもあったのだ。

しかし、トールキンは一度ならず何度もこの話を書いているけれども、この特定の物語がそんなにも強くトールキンに訴えかけたのは、いったいなぜなのだろうか。あきらかに異教的な話であることから、ジョン・ガースはそれを「熱心なカトリック教徒の想像力を捕らえたにしては、奇異に思える物語」(『トールキンと大戦 *Tolkien and the Great War*』二六ページ)と評している。トールキンはそれを奇異とは思っていなかったし(「素晴らしい」そして「悲劇的」というのが、かれの使った形容詞である)、自分のカトリック信仰とのあいだで葛藤を感じてもいなかったらしい。いずれにせよ、この時点で、かれの信仰は非常に「熱心」だったとはいえないようだ。カーペンターが引用しているところによれば、トールキンはオックスフォードでの最初の一年を「『宗教的な行為をごくわずか、実質的にはなに一つせずに』過ごしてしまった」(『或る伝記』七六ページ)と認めているし、カーペンターは、トールキンの「前年[一九一二年]の堕落」(『同書』八四ページ)という書き方をしている。ガースは、トールキンがクレルヴォの話にひかれたことと、後見人にエディスとの別離を強いられたこととを結びつけて、トールキンにとってその話の魅力は、「一匹狼的なヒロイズム、若いロマンス、そして絶望のまじりあったもの」(『トールキンと大戦』二六ページ)にあったのかもしれない、という見方を提示している。ガースが、この話をトールキンの当時直面していた状況と結びつけていることを軽視しないとすれば、クレルヴォ物語が、トールキンの幼少期の状況を深い形で反映しているというのもまた、おおいにありうることだ。クレルヴォは自分自身を「天の下で父のない者」、また「最初から母なしで」と述べているが（カービー訳、第二巻、一〇一ページ、五九〜六〇行）、これは見過ごすことができない。カービー訳の『カレワラ』からトールキン作の物語へ、明確に、そっくりそのまま移植され、後に削除された詩の二行はなおさらである。それは、クレルヴォがみずからの運命を嘆く場面だが、トールキンの物語中の「どっさりの詩」の一篇へと移植された。

わたしは幼くして、~~母~~父を亡くした
わたしは若くして（か弱きときに）、母を亡くした。
（MS Tolkien B 64/6 folio II・裏面）

トールキンがこの二行を、最初は入れておきながら、後になって抹消したという事実は重要である。これは、かれ自身の人生に起こった悲劇を、ずばり言いあてているのと同時に、心の

慰めになるには真相にせまりすぎていたのかもしれない。クレルヴォと同じく、トールキンはまず父を亡くし、それから母を亡くした。トールキンが幼かったときに（四歳のとき）父が死んだ。若かったときに（一二歳だったが、まちがいなく「か弱い」自分を感じただろう）母が放置された糖尿病のせいで、突然、思いがけなく死んでしまった。

では、トールキンが「きわめて悲劇的」と呼んだ、その物語をみてみよう。兄弟同士の争いによって、クレルヴォの父は叔父のウンタモに殺される。ウンタモは、一族の家を荒廃させ、クレルヴォの母を捕虜としてつれさる。母には名がなく、詩のなかでは「ひとりの少女、そしてかの女は身籠もっていた」（カービー訳、第二巻、七〇ページ、七一行）とのみ記されている。クレルヴォは最初から奴隷として生まれ、幼いうちにウンタモへの復讐を誓う。ウンタモは、三度にわたってこの早熟な少年を殺そうと試み、またどんな仕事をさせようとしてもうまくいかなかったことから、かれを奴隷として鍛冶屋のイルマリネンに売り払う。鍛冶屋の妻は、かれに家畜の番をさせるが、残酷にも、パンを焼くときにわざと中に石を入れておく。かれがパンを切ったとき、父の唯一の形見である短剣が石に当たり、先が欠けてしまう。クレルヴォはその復讐として、熊や狼に魔法をかけて牛の姿をとらせ、乳搾りの時間に納屋の前庭に侵入させる。鍛冶屋の妻が、その偽物の牛の乳を搾ろうとすると、獣たちが襲いかかってかの女を殺す。それからクレルヴォは逃亡するが、青い衣を着た森の貴婦人に自分の家族が生きていると知らされ、ウンタモを殺すという誓いを新たに、帰宅を決意する。かれは、たまたまひとりの少女と出会ったことで、復讐から横道に逸れ、その少女を誘惑する、もしくは強姦する（この点に関して、物語はどちらともとれる）。おたがいに家柄について明かすと、ふたりは兄妹だと判明する。少女は絶望して、滝に身を投げる。自責の念にかられたクレルヴォは、ウンタモの屋敷に行ってかれを殺し、農場の建物すべてを燃やしてから、剣に自分を殺してくれるかとたずねる。剣は同意し、クレルヴォは「みずからの求めた死」（カービー訳、第二巻、一二五ページ、三四一行）を見いだすのだ。

わたしは、クレルヴォとトールキンが、ひとつひとつの点で一致しているなどと主張したいわけではない。トールキンの側に、自伝的なものを書こうとする意図があった、といっているわけでもない。たしかに類似点はあるが、トールキンの後見人であったフランシス・モーガン司祭は、残忍なウンタモではなかった（じっさいにジョン・ロナルドを、愛する少女から引き離しはしたが）。トールキンと弟が母の死後、一時的に育ててもらうことになった叔母、ベアトリス・サフィールドは、意地悪で残忍な鍛冶屋の妻ではなかった。カーペンターはこの女性を「情愛の薄い人」（『或る伝記』四六ページ）だと述べてはいるが。トールキンは牛飼いでもなければ、魔法使いでもなかった——ファンタジーの書き手にはなったが。復讐殺人に手を染めたこともなければ、近親相姦も犯していない。そして、クレルヴォと違って虐待やいじめを受けはしなかったのだが、クレルヴォと同じく自分の人生を自分で決めることはできなかった。クレルヴォの物語のなかに、なにか、かれの心の琴線にふれるものがあり、「自分自身の形に再構成」したいと思わせたことはまちがいない。その「なにか」が、伝説体系が形成されていく過程においても、生きつづけていたのだ。

しかしながら、ガースの正しい点がひとつある。大雑把なあらすじをみただけでもわかるとおり、これは「奇異な」物語だ。たがいに緩やかに結びついたエピソードが複雑に絡みあい、そこに登場する人物たちは、説明できないおかしな理由や、誤った理由から、あるいはまったく理由がなくても、説明不可能な行動をとる。クレルヴォという例外を除けば、登場人物たちは一元的な存在だ——邪悪な叔父、残酷な養母、不当な扱いを受けた少女、といったふうに。そして、クレルヴォ自身についてはもっと肉付けされてはいるが、本人にとっても、出会う相手の人々にとっても、謎の人物だ。だが、トールキンのヴァージョンでは、物語はそれほど奇異ではない。こちらでは、原因や結果や動機や帰結を、注意深く結びあわせてある。すでに、伝統的な物語を自分の好みに合わせて翻案し、既存の物語のギャップを埋め、未解決の部分を整理しようと努力するという、ある一定の方式が定まっているのだ。もっともよく知られた例が、『ホビットの冒険』で、ビルボが龍の溜めこんだ宝の山から黄金の杯を盗みだすエピソードだ。これは、(ベーオウルフを読んだことのある者にとっては)見過ごしようのない、その詩の問題部分の作りなおしとなっている。ベーオウルフの手稿本は損傷していて、テキストは穴だらけ、単語やフレーズや行がまるごと欠落したり、判読不可能だったりするため、このエピソード全体が解きがたい謎になっているからだ。

ベーオウルフでは(二二一四行~二二三一行)、身元不明の男が、わからない動機から龍のねぐらに忍びこみ、杯を盗みだす。そのせいで龍が目覚め、それが最終的な対決を引き起こし、最後にはベーオウルフの死をもたらすことになる。あまりにも欠落が多すぎるため、状況については、それ以上のことはわからない。トールキンは、はっきりした意図があったわけではないというが、『ホビットの冒険』の有名なシーンで、そうした穴を埋め、疑問に答えている。身元不明の盗人はビルボで、その動機は「しのびの者」としての能力を証明することであり、トーリンとドワーフたちに自分の腕前を見せつけようとして杯を盗み、トンネルから逃げだす。後ろには怒り狂うスマウグが残され、スマウグは復讐のために湖の町を襲う。トールキンは、『シグルドとグドルーン *Sigurd and Gudrún*』の詩においても、さらに詩的な形ではあるが、同じようなことをしている。シグルドとウォルスング一族の物語を構成する、古ノルド語、アイスランド語、ドイツ語の伝説にみられる混乱の糸をほどき（たとえば、理由は説明されていないが、ふたりのブリュンヒルドが存在する。ひとりは戦乙女ヴァルキューレであり、もうひとりは非常に人間らしいブズリ王の娘である）、エッダの手稿本で欠落している八ページを埋めようと試みている（これに関するさらなる議論は、トム・シッピーのすぐれた評論記事を参照されたい。「シグルドとグドルーンの伝説 *The Legend of Sigurd and Gudrún*」『トールキン・スタディーズ』VII号所収。）

さて、『カレワラ』と「クレルヴォ物語」に話をもどそう。トールキンが、神話を再話しようとしたもっとも初期の試みにおいて、何を残す選択をして、何を削除し、何を変更したのか、それをどう変えたのか、ここで考察してみることにしたい。おもな項目は、以下のとおりである。

1 クレルヴォの家族
2 その妹
3 その性格

4　その犬
5　その武器
6　その近親相姦
7　その最期

この過渡期的な作品が、その後の作品にどのような影響をあたえたのか、エピソードやキャラクターの点でどう貢献したのか、トールキンの伝説体系の感情レベルをどのように深めることになったのか、簡単にみていくことにしよう（簡単に、というのは、『シルマリルの物語』を読んだ者にとっては自明の議論になるだろうからだ）。

まず第一に、クレルヴォの家族について。『カレワラ』の物語で、問題となっているのが、クレルヴォがふたつの家族を持っており、二度にわたって孤児になるということだ。第一の家族はウンタモの襲撃によって滅ぼされ、クレルヴォの母はその襲撃で捕虜となる。物語は、この早い段階でははっきりしていて、これがほぼ完全な皆殺しであることを明示している。それにより、生まれたばかりの少年は、家もなく、父もなく、母以外の身寄りもなくとり残され、母も同じく奴隷なので、助けや支援がほとんど期待できない状態となる。それゆえ、話のずっと後の方になってから、別の、第二の家族が現れるのは、多くの読者にとって混乱を招く事態だろう。それは近親相姦よりは前だが、クレルヴォが鍛冶屋の妻を殺した後のことだ。本人も読者も驚いてしまうのだが、このときになってクレルヴォは、家族が生きていると知らされるのだ。物語のテーマという面から、この第二の家族の登場を正当化する理由があるとしたら、クレルヴォに対して、何人かの身内――別の父親と、新たに存在がわかったきょうだい――を登場させ、よく練り上げられた詩の形で、おまえが生きようが死のうが少しも気にしないと宣言させて、すでにウンタモや鍛冶屋の妻のせいで感じていた、疎外感や拒絶される感覚をあらためて強調するということだろう。このプロットの役割は、クレルヴォに、会ったことのない妹の存在を用意し、近親相姦の舞台をととのえることだ。

もっとも早い時期に『カレワラ』について書いた研究者のひとりである、ドメニコ・コンパレッティによれば、ふたつの家族の混同は、リョンロートが元は別々の歌だったものをいくつか集めて、ひとつに繋げたせいで生じたという。コンパレッティは次のように指摘している。「クレルヴォが、ウンタモに殺されたはずの家族を故郷で見いだすというのは矛盾した話だが、ここから、いくつかのルノ（歌）がつなぎあわされていることが窺い知れる」（コンパレッティ、一四八ページ）。使われた歌は、同じ地域で採取されたものでさえなく、さまざまなヴァリエーションを伴っていた（同書、一四五ページ）。この混乱は、ウォルスング一族の物語における、ブリュンヒルドに関する混乱と似ていなくもない。リョンロートは、自分の素材をうまく扱っていたかもしれないが、かれには先達がいた。そういう、もっと前のヴァージョンでは、主人公の名前はかならずしもクレルヴォではない。イングリアではトゥーロもしくはトゥイリッキネン、アルハンゲリスクやカレリアではトゥイレトゥイネンであった（コンパレッティ、一四七～一四八ページ）。トールキンがコンパレッティの論述を読んでいたという確たる証拠はないが、『カレワラ』に魅了されていたことからすれば、読んでいたとしてもおかしくはない。そしてトールキンが、大学での二度の発表で、リョンロートが幅広い地域で歌を採集したことについて述べているのは、コンパレッティからの引用である可能性が高い。しかし、トールキンを夢中にさせたのは、『カレワラ』の成立の歴史や、それを構成するパーツではなく、『カレワラ』そのものの力である。トールキンは、ジョージ・ダセントの言葉を引用して次のように述べている。「我々は、目の前に置かれたスープで満足すべきであり、スープのだしをとった牛の骨を見たいと望んではならない」（『妖精物語について』猪熊葉子、評論社、二〇〇三年、四八ページ）。この言葉は、妖精物語だけでなく、フィンランドの神話についてもいえることだったろう。

トールキンは骨を無視した。第二の家族は削除して、最初の家族に別の子どもたちを追加し、ウンタモの襲撃前にすでに兄と姉がいたことにした。母親はウンタモが攻めてくるときにまた妊娠しており、ウンタモに捕虜としてつれさられた後に双子を産む。母がクレルヴォすなわち「怒り」と名づける少年と、ワノーナすなわち「泣く」と名づける少女である。ウンタモ以前と以後に生まれた子どもたちは、それぞれ年齢も気質も似ておらず、年長のふたりは年下のふたりに対して友好的でなく、それが後にクレルヴォが拒絶されることの伏線になる。かれが奴隷に売られるとき、兄も姉も——長い詩で——おまえのことなどまったく悲しまないと告げる。クレルヴォは、異国に売られることにより、母と妹から地理的にも感情的にも切り離される。その結果、ワノーナと再会したときにそれとわからないのもむりはないと、わたしたちは受け入れることができるのだ。

第二に、クレルヴォの妹との関係について。『カレワラ』では、クレルヴォは妹とかかわりを持っておらず、ふたつの家族が結びつけられたことにより、近親相姦を犯すときになって初めて、妹に会うことになる。トールキンは、この関係をかなり拡大し、複雑なものに作り上げている。双子が幼少期に親密な関係であったことを描き、年長の兄姉から疎外されることで、たがいに頼りあっていたことを強調する。クレルヴォとワノーナは、ほかのだれよりも一緒に過ごす時間が長かった。ふたりは、見捨てられた「野育ちの」子らで、荒れ地を彷徨《さまよ》い、唯一の友は猟犬ムスティであった。ムスティは超自然的な力を持つ犬で、友であると同時に守護者としての役割も果たす。クレルヴォがウンタモによって奴隷に売られるとき、ムスティは追いかけてくるが、クレルヴォは家族と切り離される。クレルヴォは、別れてつらいのはワノーナだけだといい切るが、異郷に暮らすうちに、妹のことをすっかり忘れ去ってしまい、偶然に再会したときにはそれとわからず、そこから致命的な結末へと導かれる。

第三に、クレルヴォの性格と外見について。これについても、『カレワラ』では記述がまったくないか、あってもごくわずかだ。フィンランドの叙事詩では、クレルヴォの特徴といえば、早熟な強さと魔法の才能である。生後たった三日で、揺り籠を蹴飛ばしてバラバラにする。その後あまりたたないうちに、赤ん坊をあやせば、その子の骨を折り、目を抉《えぐ》りだし、揺り籠を燃やしてしまう。おまけに不死身のようだ。ウンタモが三度にわたって殺そうとして、最初は水責め、次は火炙《あぶ》り、最後は木に吊す。しかし、どれも功を奏さない。かれは溺れることなく、「海を測る」。火で焼け死なず、灰の中で遊んでいる。吊された木の幹に、絵を彫刻している。森を開墾するために派遣されて、荒れ地を作ってしまう。柵を作るようにいわれて、出入り口のない、だれも通り抜けられない囲いを作ってしまう。穀物を脱穀しろと命じられて、粉々になるまで打ってしまう。赤ん坊のときに激しく揺さぶられすぎたという以外、この極端なふるまいには、理由も動機も示されない。かれはただ単に、そういう存在なのだ。わたしたちには、どうすることもできない。そしてむしろ奇妙に感じられるが、かれはハンサムで少しダンディですらある。「見事な黄色い巻き毛」、「青く染めた靴下」、「最高の革の靴」などと描写されているのだ。

トールキンのクレルヴォは、同様に強いが、ハンサムとかファッショナブルなどとはとてもいえない。「肌が浅黒く」、「気むずかしく、ひねくれて」、背が低く、「無遠慮かつ偏屈、不愉快、抑えのきかない、猛々しい者」である。だが、わたしたちはこの人物を理解するようになると、共感さえ覚える。トールキンのクレルヴォと『カレワラ』版との違いは、行動は同じでも（前述のような、あらゆる奇妙なことをしているけれども）、トールキンのクレルヴォは、あきらかに幼少期のトラウマの痕跡をとどめ、それに動機づけられているということだ。ウンタモのせいで父が殺され、自分と母が奴隷となったこと、残酷な扱いを受けたことによって、傷ついている。母に世話されなかったことで、ひねくれて育つ。トールキンが描きだすかれは、陰気で、怨みをいだき、怒り、疎外されていて、親しいのは妹のワノーナと猟犬ムスティだけである。「遠くにいる家族のために、優しい感情などいだくことも、自分の心に許さなかった」。かれは怨みをいだき、孤独な一匹狼で、つねにアウトサイダーであって、永遠に社会の端の方にいて適応できない、もしくは適応したくない人々のひとりである。トールキンの数多くのキャラクターのなかでも、クレルヴォは、感情的・心理的な複雑さにおいて抜きん出ている。同等、もしくはそれ以上の複雑さをそなえているのは、その直接の子孫ともいうべき、トゥーリン・トゥランバールだけだ。

第四に、かれの犬について。『カレワラ』のこの部分には、大いなる猟犬ムスティのような、超自然的な動物は登場しないが、ムスティ（フィンランド語で単に「ブラッキー」というような意味）という黒犬が出てくる。このムスティは、第二の家族がみな死んでしまってから、クレルヴォが森に行って自殺するところまで、クレルヴォの後について いく。これとは対照的に、トールキンのムスティは、物語の重要なキャラクターであり、いくつかのエピソードで積極的な役割を果たす。ムスティは最初はカレルヴォの犬で、ウンタモの襲撃の際に屋敷にもどってみると、家は破壊され、主人は殺され、その妻だけが生き残って捕虜となっていた。ムスティはかの女を追いかけていくが、野生にとどまり、そこでふたりの子どもたち、クレルヴォとワノーナの友、また助言者となる。ムスティは死の王トゥオニの犬と関連づけられている。トールキンはここで、犬と死と黄泉の国の結びつきという、よくある神話的な慣例をとり入れており、ムスティはトゥオニの犬ではないものの、その存在によって、来たるべき悲劇を予感させている。ムスティは、「凄まじき力と強さと大いなる知識を持つ犬」と描写される。姿を変える者であり、魔法を使う者であり、その魔法をクレルヴォに提供する。クレルヴォに「より暗く、よりおぼろげな、より遠い昔のことを……かれらの魔法の日々よりもさらに昔のこと」を教える。

ムスティは、クレルヴォにとって守護者のような存在となり、魔法のお守りをあたえる。それはムスティの毛皮から取った三本の毛で、それを使えば、危難のときにムスティを召喚する、もしくはその助けを借りることができるのだ。この毛は、クレルヴォがウンタモに三度殺されそうになったときに命を救った。最初（水責め）のときはあきらかに、二度目（焚刑）のときは暗に、三度目（絞首刑）のときにはまたあきらかに、救いをもたらしている。ここでは、物語は明確に「クレルヴォの命を救った魔法は、最後のムスティの毛によるものであった」と述べている。ムスティの魔法は、この時点から、クレルヴォが身につけるようになる。クレルヴォが奴隷に売られるとき、ムスティは追いかけていく。そして、ムスティの教える魔法のおかげで、後にクレルヴォは狼や熊をけしかけて鍛冶屋の妻を殺す。未完に終わった物語のエンディングについてトールキンの書いているメモでは、ムスティは二度登場する。一度目は、ウンタモの屋敷に対するクレルヴォの襲撃で殺されるとき。二度目は、クレルヴォの自殺の場面で、クレルヴォが「ムスティの屍」につまずくときである。

第五に、かれの武器について。『カレワラ』のクレルヴォと同様、トールキンのクレルヴォも短剣と剣の両方を持っている。『カレワラ』でのクレルヴォは、短剣が壊れたのを嘆いて「この鉄は……わが父から受けついだ品」(ルノ・第三三・九二行〜九三行)と言い、鍛冶屋の妻が熊や狼に咬まれているときに、短剣を破損させた罰であると告げている。トールキンの物語では、短剣はもっと立派な来歴を持っている。幼いクレルヴォに、母が初めて「カレルヴォの死」(それ自体がひとつの物語であるかのように、大文字で書かれている)を語ったとき、母がその短剣をあたえる。それは「手のこんだ細工のすばらしい短剣」と描写されている。ウンタモが屋敷を急襲したときに、母が「それを壁から取ってきた」が、攻撃があまりにも素早かったので、使う暇がなかった。短剣にはシッキという名前があり、(ムスティの毛とともに)クレルヴォを絞首刑から救う際に力になった。この短剣で、少年クレルヴォは、狼や熊、巨大な猟犬とともに、「昔からのカレルヴォの印」とされる大魚の絵を木に刻む。ケーキの中の石に当たって短剣が壊れたとき、クレルヴォは詩の形で嘆く。短剣に名前でよびかけ、自分の唯一の僚友《とも》とよび、「汝、カレルヴォの鉄よ」と語りかける。剣が登場するのは、物語の終わりの方で、クレルヴォがワノーナと再会して、ふたりの悲劇が起きてからのことである。かれはその剣でウンタモを殺し、その剣によって、自死の望みをかなえる。

第六に、物語の感情的なクライマックスとなる、近親相姦について。先に述べたとおり、『カレワラ』では、このエピソードは、フィンランドの極東部、イングリア、カレリア、アルハンゲリスクといった別々の地域で採集された異なるルノを合成したものであって、元は別の名を持つ別の英雄が登場している。リョンロートは編集にあたって、尖った部分を滑らかにし、英雄の名前を標準化して、既存のルノと一致させた。そのクレルヴォは、税金を払って故郷に帰る途中、一連の少女たちに声をかけ、それぞれに橇《そり》に入るように誘う。それを受け入れたのは第三の少女だが、短い逢瀬の後に、すぐに家族についての情報交換によって近親相姦があきらかになり、少女の自殺へとつながる。この場面は悲劇性を秘めてはいるが、あまりにも素早く簡潔に扱われるために、それと気づかないうちに終わってしまう。

トールキンはこの出来事をもっとふくらませており、ていねいにそこにいたる過程をお膳立てしている。トールキンのクレルヴォは、鍛冶屋の妻を獣たちによって殺害した後に、逃亡してウンタモへの仇討ちに向かう途中で、不思議な「森の貴婦人」に出会う。その貴婦人は、かれにたどるべき道を教え、木々の生い茂る山を避けるようにと忠告する。そこでは「悪に見つかる」というのだ。もちろんかれはその助言を無視してしまい、山で「陽光を味わう」ために進んで行く。その、山にある開けた場所で、「悪しき森で道に迷った」という乙女に出会う。その乙女を一目見るなり、かれは自分の目的を忘れてしまい、「僚友《とも》」になってくれと頼む。乙女はおびえ、「死があなたとともに歩んでいる」と言い、「その姿は、とても乙女らにはつりあわない」と言う。自分の醜さを馬鹿にされたことに怒り、拒絶されたことに傷ついたかれは、森の中、乙女を追いかけて掠《さら》う。乙女は、最初のうちは言い寄るかれを拒絶したものの、長くは抵抗できず、しばらく表向きは幸せに、野外で一緒に住む。しかしそれも、乙女が、あなたの親族について話してほしいと頼む、運命の日までのことだ。

自分はカレルヴォの息子だという、クレルヴォの返答が啓示となり、そこから乙女は、自分と恋人が兄妹の関係であったと気づく。トールキンの扱い方では、ここは物語のうちでももっとも劇的な瞬間のひとつとなっている。トールキンの組み立てによって、クレルヴォよりも先に、読者が真実に気づくように、場面が設定されているからだ。乙女は自分が気づいたことについては一言も口にしないが、「手を差し伸べながら」かれを見つめて立ちつくし、自分のたどってきた道が「さらに深く、深く、暗闇へと／さらに深く、深く、悲しみへと／苦悩へ、恐怖へと。……なぜならわたくしは、闇と恐怖のうちに／トゥオニへ、かの川へと下ってゆくから」と嘆いている。「暁《あかつき》の震える光の箭《や》のごとく」クレルヴォのもとから逃げ、滝のところに来ると、乙女はその縁を越えて身を投げる。しかし、この時点まで、かの女について語られるのはこれだけである。かの女は自分の物語を語るが、自分の家柄については明かさない。トールキンもそれを直接は明かさずにおいて、乙女がそれから自殺したり、クレルヴォの記憶、かの女の話し方や態度について「かつて知っていたこと」がよみがえったり、かの女が激しく反応したり、といった要素を利用して、説明をくわえないまま、ここで起こった悲劇を強調して描いている。物語の終わりになって初めて、クレルヴォは、乙女が誰であったのかを理解し、自分が何をしでかしたのかを悟るのだ。

最後、第七に、物語の結末について。リョンロートの合成した不調和なヴァージョンでは、クレルヴォは第二の家族のもとに帰り、それからウンタモとの戦いへ出ていき、また帰宅するが、今度は第二の家族がみな死んでしまっていることを知る。最終的には、自分の剣に「殺してくれるか」とたずね、自分の人生を終わらせる決断をする。剣は承諾し、そうしてクレルヴォは死ぬ。疎外されたまま、孤立したまま、ひとりきりで。トールキンは自分のヴァージョンを未完のまま残しているが、クレルヴォが、その乙女が誰なのかという、胸に忍び寄る疑惑に恐れおののき、乙女の自殺を目撃し、剣をつかんで、闇の中へ手探りで駆けだすところで、話はとぎれている。しかしトールキンは、結末を心に決めていたし、どう描きたいかをはっきり自覚していた。走り書きのあらすじでは、クレルヴォはウンタモの家にもどってかれを殺し、家屋敷を荒廃させるが、それから夢に母の幽霊が現れ、黄泉の国で自分の娘に会ったといい、それが自殺したあの乙女であることを明確にする。トールキンはあきらかにこれを、遅れて訪れる、逃れようのない破局の瞬間とするつもりだったようだ。ここで、それまでさし控えられていた、妹を犯したという事実が明かされるのだ。恥と悲しみに圧倒され、恐怖にかられて目覚めたクレルヴォは、苦悶しつつ、「キヴタール（妹の別名）」と嘆き叫びながら、森に駆けこんでいく。そして、かつて二人が出会った空き地にやってくる。この場所でかれは、剣に殺してくれるかとたずねる。剣は喜んでと答え、クレルヴォはその切っ先に身を投じて死ぬ。

トールキンが源泉である『カレワラ』を再話した作業も、その再話と後に書くことになる作品との関係も、どちらもはっきりしている。トールキンのクレルヴォは、かなり奇妙な『カレワラ』のクレルヴォと、悲劇的で情緒不安定な「シルマリルの物語」のトゥーリン・トゥランバールとのあいだを結ぶ中心点となっている。トゥーリンには、あらゆる家族のトラウマ、鬱積した怒りと怨み、あらゆるネガティブな感情があたえられており、それがこの人物の誤った選択を助長し、それゆえにこそ、いっそう忘れがたい人物となっている。『カレワラ』の奇態な、環境に適応できない人物が、「クレルヴォ物語」では、怒り、疎外され、怨みをいだくアウトサイダーとなるが、それが今度は、トゥーリン・トゥランバールという、より完全な、より心理的に深まった、自分を孤立させている人物へと発展していく。トゥーリンはあきらかに、その先行者たちと関連性があるが、その悲劇を演じる舞台として、より一貫した世界と、いっそう明快な枠組みをあたえられている。

トールキンは、『カレワラ』の、ふたつの家族が登場するぎこちない構造を、複数の子のいるひとつの家族に変えて読みやすくしたが、それが今度は、戦争に引き裂かれて、不運な形で再会したトゥーリンの家族へと転じる。『カレワラ』では、存在を知られていなかった名のない妹が、「クレルヴォ物語」では、ワノーナ（「泣く」）という名の、クレルヴォと困難な時をともに過ごした双子の妹となる。そのワノーナが、今度は、トゥーリンのこよなく愛した、生き別れの妹ライス（「笑い」）と、会ったことのない妹ニエノール（「哀悼」）の双方につながっていく。ニエノールは、後にニーニエル（「涙乙女」）となる。トゥーリンが出会い、何者なのか知らずに結婚してしまう相手である。これらの名の意味はみな重要だが、ワノーナの名の意味はまちがいなく、トゥーリンの会ったことのなかった妹／妻の名の先触れとなっている。トールキンが書いた、話の結末のあらすじのなかで、かれのクレルヴォが、妹をキヴタール

（「痛み」）とよんで泣き叫んでいるという点は、注目に値する。『カレワラ』では、キヴタールは「痛みと苦しみの女神」である。エディスはもちろん、トールキンの妻であって妹ではないが、ふたりの一〇代のロマンスと、その後に別離を強いられること、またトールキンが「わたしたちの子ども時代の恐ろしい苦難、そこからわたしたちはおたがいを救いだしていた」（『書簡集』四二一ページ）と述べていることなどは、クレルヴォとワノーナの子ども時代の寂しさや、ワノーナに先立たれてとり残されるクレルヴォの苦悶を強く想起させる。

クレルヴォの短剣シッキは、父からの唯一の形見だが、「ナルン・イ・ヒン・フーリン」の『終わらざりし物語』ヴァージョンで、注目すべき位置を見いだすことになる。ここでは「手のこんだ細工の」短剣だったものは、「エルフの手になる」短剣となり、形見ではなく誕生祝いの品として、八歳の誕生日にトゥーリンが父から贈られることになる。父はこれを「容赦のない刃」と表現する（『終わらざりし物語・上』クリストファー・トールキン編、山下なるや訳、河出書房新社、二〇〇三年、九五ページ）。トゥーリンはこの短剣を家来のサドルにあたえてしまうが、後になってそれを惜しみ、失ったことを嘆く。しかし、この短剣は武器というよりむしろ道具であることはあきらかだ。その点は、クレルヴォに死をもたらすことになる、冷酷で不吉な剣とは違っている。また、初めはアングラヘル、次にグアサング、それからモルメギルと呼ばれ、トゥーリンがそれと同一視されて同じ名前で呼ばれるようになり、やがて命を奪われることになる剣とも違っている。だが、リチャード・ウエストが指摘しているように、トールキンはこの武器のほうを「フィンランドの源泉に見いだしたものを遙かに超えてふくらませ、「主人公につきまとう凶運の実体化したもの」としている（『トールキンの伝説体系 *Tolkien's Legendarium*』二三九ページ）

この剣は、主人公の死を直接もたらすものだが、三つの事例を比較してみるのは意味のあることだろう。最初に『カレワラ』の場面、次に「クレルヴォ物語」の場面、最後にトゥーリンの物語の場面を比較してみよう。この剣は、他のトールキンの英雄たちの持つ剣とは一線を画している。剣が喋り、主人公と会話しているからだ。『カレワラ』での、剣の言葉はこうだ。

汝の心が望むなら
なにゆえ汝の肉を喰らわないことがあろうか、
かくも悪しき汝の血を啜らないことがあろうか？
罪なき肉を喰い
罪犯さざる者らの血を啜ってきたわれが？

トールキンのあらすじに書かれた、「クレルヴォ物語」ヴァージョンは次のとおりである。

剣は言う。ウンタモの死に喜びを感じたとすれば、さらに邪悪なクレルヴォの死にどれほどの喜びを感じるであろうかと。そして剣は、多くの罪なき人を、かれの母さえも殺めてきたのだから、Kに対しても躊躇などしないという。

そして、『シルマリルの物語』ヴァージョンの、トゥーリンに対する剣の言葉はこうだ。

然《しか》り、喜んで汝の血を呑もうぞ。わが主人ベレグの血と、不当に弑《しい》せられたブランディアの血を忘れるためだ。いかにも汝の命をすみやかに奪ってやろう。（『新版 シルマリルの物語』田中明子訳、評論社、二〇〇三年、三八四ページ）

これら三つのヴァージョンには、大きな違いはない（ただし、第二のものは、直接の台詞というよりレポートになっているが）。しかし、後のふたつ同士は、最初のひとつと比較するよりも、たがいに近いものとなっている。最初の『カレワラ』の文で、より一般的な「罪なき肉」とか「罪犯さざる者ら」などという表現が使われているのに対し、ほかのふたつでは、剣が殺してきた人々の特定の名前を引いている。トールキンのあらすじのメモでは、邪悪なウンタモを、さらに邪悪なクレルヴォと関連づけて述べており、「シルマリルの物語」では、罪深いトゥーリンを、罪のないベレグやブランディアと対比させている。トールキンの剣はどちらも、『カレワラ』版の剣と比較して、より批判的であり、より知識を持ち、より人格をそなえており、ドラマティックなインパクトでも上まわっている。トールキンは、「『カレワラ』について」の論考で、クレルヴォの剣の声について「残酷で皮肉な悪漢」の声であると表現しているが、これは、後にトゥーリンの物語で自分独自の剣、アングラヘルにあたえている、より暗い側面を先どりしている。

この初期の物語から「シルマリルの物語」に持ち越されている、予想外の要素は、クレルヴォが妹の名をよびながら、かの女が自殺した滝へと駆けもどっていくエピソードだ。このエピソードは、『終わらざりし物語』のなかの「トゥオルおよびかれがゴンドリンを訪れたこと」にふたたび登場する。それは、鮮やかな、束の間の光に照らされたような場面となっているが、そのなかで、トゥオルとヴォロンウェは、イヴリンの滝で「森の中から叫び声」を聞き、「背の高い人間で、武装し、黒装束に身を包み、抜き身の長い剣を持って」いる者が嘆き悲しみながら「イヴリン、ファイリヴリン！」という名を叫ぶのを、ちらりとかいま見るのだ。説明は最小限にとどめられている。物語は「ふたりは……この男がフーリンの息子の……トゥーリンであることも知らなかった」と述べており、「親族同士［トゥーリンとトゥオル］は……以後ふたたび会うことはなかったのである」としている（『終わらざりし物語・上』六一〜六二ページ）。興味深いことに、トゥーリンの苦悶と喪失感は、わたしたちが予想するように、妹であり妻であったニーニエルに向けられたものではなく、かれを愛し、かれがその死に幾ばくかの責任があったエルフの乙女、フィンドゥイラスに向けられている。「トゥオルの物語」に侵入しているこの場面は、トールキンのあらすじのメモで、クレルヴォが、妹の自殺した滝に駆けもどりつつ「キヴタール」と叫ぶところを、あきらかに借用している。「トゥオルの物語」で描かれるのは、状況を知らず、それゆえ苦悶も喪失感も理解できない観客によって、外側から目撃される悲しみである。この場面は、唐突に、あえて場違いなところに挿入された、ひとつの物語からもうひとつの物語を指し示すジェスチュアだ。どちらの物語も、さらに前の「クレルヴォ物語」を指し示しているという事実は、トールキンのクレルヴォがいかに、その想像力を捕らえていたかを雄弁に物語っている。

もっとも驚くべき新事実は、ベレンとルーシエンを助ける超自然的な援助者、猟犬ファンが、トールキン自身の頭のなかで完全に作り上げられて飛びだしてきたわけではなく、ムスティというあきらかな先行者がいた、ということだろう。ムスティはことによると、トールキンが『カレワラ』という源泉につけくわえた、もっとも注目すべき要素かもしれない。そして、ファアンは、先行する物語からトールキンの伝説体系の世界へ持ちこまれた存在のうち、トゥーリン自身についで、もっとも明確なキャラクターである。人の言葉を喋る（そして人を助ける）動物は、中つ国《ミドルアース》でも知られていないわけではない。（名前はないが）「旅の仲間」の第一巻に登場する狐や、『ホビットの冒険』に登場する言葉を喋るツグミ、カラスのカークの息子ロアーク、『ホビットの冒険』と『指輪物語』双方に登場する鷲たち、「農夫ジャイルズの冒険」に登場する犬のガームなどが、いい例だろう。スマウグやグラウルングのような言葉を喋る龍を勘定に入れないとしてもだ。これらの龍たちには、はっきりした先行者が存在する。グラウルングは、あきらかに「詩のエッダ」のファフニールから来ている。スマウグや「農夫ジャイルズの冒険」の長者黄金龍はコミカルな例であり、タイプとしては、アイスランドの神話よりむしろ、ケネス・グレアムの「のんきなりゅう」に近い。犬のガームも、そういうパロディ的なカテゴリーに入る。

ムスティは少し異なっている。ムスティはトールキンの書いたなかで、特別な妖精物語的アーキタイプ、「動物の援助者」として、いちばんわかりやすい例だ。同種の存在としては、「長靴をはいた猫」や、グリム童話の「鵞鳥番《がちょう》の娘」に登場する人語を話す馬ファラダ、「イワン王子」の物語に登場する火の鳥、「せむしの子馬」や、北欧やアイスランドの民話に登場する、姿を変える熊や狼などがある。トールキン自身の作品では、『ホビットの冒険』のビヨルンがこれに近いが、タイプとして、妖精物語の動物というよりむしろ、サーガに登場する「姿を変える者」の方に近い。ビヨルンの動物たちは、後足で立ち歩いて給仕をするが、魔法的な援助者ではなく、単なるサーカスの演技者に過ぎない。ファンは、魔法的な援助者というアーキタイプの例として、はるかに適任である。とはいえ、ファンは妖精物語の先行者たちから直接来ているわけではなく、ムスティから直接由来しており、あきらかにその後継者である。どちらの物語でも、忠実な、超自然的な猟犬は、持ち前の力強さを発揮している。そして、どちらの物語でも、猟犬はみずからの忠実さの犠牲となる。物語の終盤まで主人公に付き従い、物語が最高潮に達する場面の、暴力的なエピソードで命を落とすのだ。

「クレルヴォ物語」は、トールキンがオーデンに書き送っているとおり、「物語にロケットを発射」(『書簡集』二一四ページ)させる導火線であった。かれは誇張していたわけではない。これは、たしかに未完で模倣的な作品ではあるが、トールキンの想像力に点火し、「シルマリルの物語」に登場する、とくに印象的な登場人物や場面のいくつかを先どりしていた、もっとも早い時期の作品なのだ。それだけでなく、「クレルヴォ物語」がなければ「シルマリルの物語」もなかった（少なくともわたしたちの知る形では）というのは、じゅうぶん考えうることだ。悲運の孤児、生き別れの妹、形見の短剣、崩壊した家族とその心理的影響、淋しい若者たちの禁じられた愛、絶望して剣の切っ先に身を投げる自殺など、すべてが「フーリンの子らの物語」へと伝えられているが、それは『カレワラ』から直接ではなく、「クレルヴォ物語」というフィルターを通してであったのだ。今やわたしたちは、こうした要素がどこから来たのかを知ることになったし、どのようにして今ある形になったのかを知った。もっとも印象的なのは、必然性があまり感じられないゆえに奇妙にも思えるが、ムスティからファンへの転換だ――これは、名前以外はほとんど変わっていないキャラクターである。あきらかにトールキンは、ムスティをそのまま無駄にしてしまうには惜しいと感じて、未完の初期作品から救いだし、後のもっと完成された妖精物語である、ベレンとルーシエンのロマンスの文中に再生させたのだと思われる。

「クレルヴォ物語」は、トールキンがもっとも早い時期に、既存の物語を再話しようとした（「再構成」のプロセスに取り組んだ）試みであった。それゆえに、これはトールキンの作品リストのなかで重要な位置をしめるものだ。それだけでなく、これは模倣から発明にいたるまがりくねった道でしるされた、重要な一歩である。そしてこれは、孤児の少年、まだ学部在学中の大学生、やがて帰還する『カレワラ』を愛する兵士が、クレルヴォに共感をおぼえ、「イギリス国民に属する、なにかそれと同種のもの」が不足していると感じて書いた、ひとつの試作品なのだ。

ヴァーリン・フリーガー

訳者あとがき

カレワラ――

遙かなるフィンランド、北の大地を舞台にくり広げられる英雄たちの物語。

その登場人物たちは、神々のようでありつつ、ひどく人間くさくもあり、不思議で、愉快で、ときに哀愁に満ちた色あいで描き出されます。

この世界に深く魅了された若き日のJ・R・R・トールキンは、この『カレワラ』に登場する「クレルヴォ」の悲劇的な挿話を下敷きにして、自分自身の物語を創作しようと試みました。それが今回おとどけする、トールキンの「クレルヴォ物語」です。

この作品は残念ながら未完に終わっていますが、まだオックスフォード大学の学生であった頃のトールキンが、若くみずみずしい感性で独自の世界を文学作品として結晶化させようとした、興味深く魅力的なテキストです。

これを読むことでわたしたちは、『指輪物語』や『シルマリルの物語』を生み出すことになるトールキンの、創作の原点をかいま見ることができるでしょう。

さらに本書は、トールキンが『カレワラ』の魅力について、大学の集まりで語った際の原稿をふたつのヴァージョンで収録しています。この論考を読めば、トールキンが「クレルヴォ物語」に取り組むことになった背景、かれが『カレワラ』のどこにどのように魅了されていたのかが、はっきりと伝わってきます。

編者フリーガーの序文にもあるとおり、トールキンが自分の「クレルヴォ物語」を書くにあたって下敷きにしたのは、『カレワラ』のルノ・第三一から第三六にかけての部分です。『カレワラ』の邦訳では「第三一章」から「第三六章」と表記されていますが、本書ではあえて章という語は使わず、原文を生かして「ルノ（歌）」と表記しました。『カレワラ』が本来「歌」であり、吟唱されてきたものであるということをトールキンも重視しているので、それを訳文にも反映させるべきだと判断したからです。

本書をきっかけに、クレルヴォや『カレワラ』の世界に興味をもたれた方は、『カレワラ』そのものも、お読みになってみるといいかもしれません。邦訳も出ていますし、インターネット上で、英訳やフィンランド語の原典さえも目にすることができます。

さて、本書の訳出にあたって、いくつかおことわりしておきたいことがあります。トールキンの「クレルヴォ物語」は、非常に古風な文体で書かれています。古謡を思わせるような響きと、古語を織りまぜた語彙。本来であれば、日本語でも文語体で表現すべきところですが、意味の伝わりやすさと読みやすさを考えて口語体の訳としました。その制約のなかでも、トールキンがつくりだそうとした、幻想的・魔法的な雰囲気をそこなわないように、意識して言葉を選んだつもりです。訳者の力不足もあるかとは思いますが、トールキンの見ていた遙かな北国の、おぼろげで、それでいて目の覚めるような鮮烈さ、荒々しい美しさを、少しでも味わっていただければと思います。

トールキンの『カレワラ』についての文章は、原文ではエッセイ（Essay）と表記されています。これは通常、日本語でいうエッセイとはニュアンスが異なり、論文や評論などもさす言葉です。ただし、トールキン自身が本文中で「論文としての質をそなえているとはいえない」とも述べていますので、やや表現をゆるめて「論考」という訳語を選びました。トールキンが『カレワラ』について、愛情をこめて、縦横無尽に語りつくしている、その姿を想像しながら読んでいただければと思います。

一〇代の頃からトールキンの世界に魅せられてきたわたしにとっては、トールキンの未発表原稿だなんて、聞いただけでドキドキしてしまう、とても畏れおおいものです。こうして、トールキンの遺した言葉のひとつひとつと向きあわせていただけたのは、望外の幸せでした。このような本を翻訳する機会をあたえてくださった、原書房編集部の寿田英洋さん、廣井洋子さん、オフィス・スズキの鈴木由紀子さんに、この場をお借りして、心より感謝を申し上げたいと思います。ありがとうございました。

この本が、トールキンを愛する方々に喜んでいただけることを祈りつつ、

二〇一七年三月　東日本大震災から六年、梅花香る頃に

塩﨑麻彩子

参考文献

Carpenter, Humphrey. *J.R.R. Tolkien: a biography*. London: George Allen & Unwin, 1977.（ハンフリー・カーペンター『J.R.R. トールキン――或る伝記』菅原啓州訳、評論社）

Comparetti, Domenico. *The Traditional Poetry of the Finns*, trans. Isabela M. Anderton. London: Longmans. Green, and Co., 1898.

Dorson, Richard M. *The British Folklorists: A History*. Chicago: University of Chicago Press, 1968.

Finnish Folk Poetry Epic, Edited and Translated Matti Kuusi, Keith Bosley; and Michael Branch. Helsinki: Finnish Literature Society; 1977.

Garth. John. '"The road from adaptation to invention": How Tolkien Came to the Brink of Middle-earth in 1914,' *Tolkien Studies* XI. Morgantown West Virginia: West Virginia University Press, 2014.

'Hausa Folktales' by F.W.H.M. in *African Affairs*, Oxford University Press, 1914; XIII 457.

Helms, Randel. *Tolkien and the Silmarils*. Boston: Houghton Mifflin Company; 1981.

Higgins. Andrew. 'The Genesis of J.R.R. Tolkien's Mythology.' Thesis in fulfillment of PhD, Cardiff Metropolitan University, 2015.

Lang, Andrew. *Custom and Myth*, 2nd edition. London: Longmans, Green, and Co., 1893.

Lönnrot, Elias. *Kalevala*, 2 vols. Translated W.F. Kirby London: Dent, Everyman's Library, 1907.

———. *Kalevala: Epic of the Finnish* People, 2nd edition. Translated Eino Friberg. Helsinki: Otava Publishing Company, Ltd., 1988.

———. *The Kalevala: Or Poems of the Kaleva District* Translated Francis Magoun. Cambridge: Harvard University Press, 1963.
（エリアス・リョンロート編『フィンランド叙事詩 カレワラ（上・下）』小泉保

訳、岩波文庫／『フィンランド国民叙事詩 カレワラ（上・下）』森本覚丹訳、講談社学術文庫）

Noad, Charles. E. 'On the Construction of "The Silmarillion"' in *Tolkien's Legendarium: Essays on* The History of Middle-earth, ed. Verlyn Flieger and Carl F. Hostetter. Westport, Connecticut: Greenwood Press, 2000.

Pentikainen, Juha. *Kalevala Mythology*, Translated and edited Ritva Poom. Bloomington: Indiana University Press, 1987.

Petty; Anne. C. 'Identifying England's Lönnrot' in *Tolkien Studies*, Vol. I. Morgantown: West Virginia University Press, 2004.

Scull, Christina and Wayne G. Hammond. *The J.R.R. Tolkien Companion and Guide: Chronology and Reader's Guide*. London: HarperCollins Publishers, 2006.

Shippey; Tom. The Road to *Middle-earth*. Revised and expanded ed. London: Harper Collins *Publishers*, 2005.

Swank, Kris. 'The Irish Otherworld Voyage of Roverandom,' in *Tolkien Studies* Volume XII. Morgantown, West Virginia University Press, 2015'

Tolkien, J.R.R. *Beowulf and the Critics*, Edited Michael D.C. Drout. Tempe, AZ. Arizona Center for Medieval and Renaissance Studies, 2002.

———. The Book of Lost Tales, Part One. Boston: Houghton Mifflin Company, 1983.

———. The Letters of J.R.R. Tolkien, ed. Humphrey Carpenter. London: George Allen & Unwin, 1981.

———. The Lord of the Rings. London: HarperCollinsPublishers, 1991.（J.R.R.トールキン『指輪物語』瀬田貞二訳、評論社）

———. 'The Etymologies', *The Lost Road*, ed. Christopher Tolkien. London: Unwin Hyman, 1987.

———. *Quenyaqesta: The Qenya Phonology and Lexicon*, Edited Christopher Gilson, Carl F. Hostetter, Patrick Wynne and Arden R. Smith. *Parma Eldalamberon* 12. Cupertino, CA, 1998.

———. 'The Shores of Faëry', *The Book of Lost Tales, Part Two*, ed. Christopher Tolkien. London: George Allen & Unwin, 1984.

———. *The Silmarillion*, 2nd edition, ed. Christopher Tolkien. London: Harper *Collins Publishers*. 1999.（J.R.R.トールキン『新版 シルマリルの物語』田中明子訳、評論社）

———. 'The Story of Kullervo' edited and transcribed Verlyn Flieger. *Tolkien Studies*, Vol. VII, Morgantown: West Virginia University Press, 2010.

———. *Tolkien On Fairy-stories*. Expanded edition, with commentary and notes. Edited Verlyn Flieger and Douglas A. Anderson. London: Harper Collins *Publishers*, 2008.（J.R.R.トールキン『妖精物語について――ファンタジーの世界』猪熊葉子・訳、評論社）

———. *Unfinished Tales*, ed. Christopher Tolkien. George Allen & Unwin. 1980.（J・R・R・トールキン『終わらざりし物語（上・下）』山下なるや訳、河出書房新社）

———. 'The Voyage of Éarendel the Evening Star', *The Book of Lost Tales, Part Two*, ed. Christopher Tolkien. London: George Allen & Unwin, 1984,

Tremearne, Major Arthur John Newman. *Hausa Folktales*. London: J. Bale, Sons & Danielson, 1914.

West, Richard. C. 'Setting the Rocket off in Story', *Tolkien and the Invention of Myth, ed.* Jane Chance. Lexington, KY: The University Press of Kentucky, 2004.

———. 'Túrin's *Ofermod' in Tolkien's Legendarium: Essays on* The History of Middle-earth, ed. Verlyn Flieger and Carl F. Hostetter. Westport, Connecticut: Greenwood Press, 2000.

J・R・R・トールキン（J.R.R. Tolkien）

1892年1月3日、南アフリカのブルームフォンテーンに生まれる。第1次世界大戦に兵士として従軍した後、学問の世界で成功をおさめ、言語学者としての地位を築いたが、それよりも中つ国《ミドルアース》の創造者として、また古典的な大作、『ホビットの冒険』、『指輪物語』、『シルマリルの物語』の作者として知られている。その著作は、世界中で60以上もの言語に翻訳される大ベストセラーとなった。1972年に、CBE爵位を受勲し、オックスフォード大学から名誉文学博士号を授与された。1973年に81歳で死去。

ヴァーリン・フリーガー（Verlyn Flieger, Ph.D.）

メリーランド大学英文学部名誉教授。大学での専門は、J・R・R・トールキンの著作と比較神話学。おもな著作に、『時の問題――J・R・R・トールキンの妖精国への道』、『飛び散った光――トールキンの世界のロゴスと言語』、『遮られた音楽――トールキンの神話の創作』、『緑の太陽と妖精国――J・R・R・トールキンについてのエッセイ』（いずれも未訳）がある。また編著としては、カール・ホステッターとの共同編集による『トールキンの伝説体系（レジェンダリウム）、中つ国《ミドルアース》の歴史に関するエッセイ』や、トールキンの『星をのんだかじや（増補注釈版）』、ダグラス・A・アンダーソンとの共同編集による『トールキン、妖精物語について』がある。

塩﨑麻彩子（しおざき・まさこ）

1965年、群馬県生まれ。お茶の水女子大学大学院人文科学研究科・英文学専攻（修士課程）修了。翻訳家、セラピスト。埼玉県さいたま市在住。おもな訳書に、デイヴィッド・デイ『トールキン 指輪物語伝説――指輪をめぐる神話ファンタジー』（原書房）、ロバート・A・モンロー『究極の旅――体外離脱者モンロー氏の最後の冒険』、ブルース・モーエン『「死後探索」シリーズ』1～4（ハート出版）ほかがある。

トールキンのクレルヴォ物語《ものがたり》
〈注釈版〉

●

2017年4月15日　第1刷

著者………J・R・R・トールキン
編者………ヴァーリン・フリーガー
訳者………塩﨑《しおざき》麻《ま》彩《さ》子《こ》
装幀………川島進デザイン室
本文組版・印刷………株式会社ディグ
カバー印刷………株式会社明光社
製本………東京美術紙工協業組合

発行者………成瀬雅人
発行所………株式会社原書房
〒160-0022　東京都新宿区新宿1-25-13
電話・代表 03(3354)0685
http://www.harashobo.co.jp
振替・00150-6-151594
ISBN978-4-562-05388-9